Le petit mercure

Collection créée par Colline Faure-Poirée
Suivi éditorial par Jean-Michel Décimo

Le goût de Toulouse

Textes choisis et présentés par
Stéphane Baumont

Mercure de France

ISBN 2-7152-2576-8

SOMMAIRE

GÉOGRAPHIE SENTIMENTALE : « LA VILLE ROSE »

POÉTIQUE DE LA CITÉ DES VIOLETTES : DE GODOLIN À NOUGARO

LA RÉPUBLIQUE DE TOULOUSE DES CAPITOULS À OVALIE SUR GARONNE

INTRODUCTION

« Les oies du Capitole, qui étaient toulousaines et de cœur avec les Gaulois, ne menèrent tout ce bruit que pour intimer aux assaillants de faire silence de peur qu'ils ne réveillent les Romains. »

Paul-Jean TOULET

« Toulouse n'est ni une foule sans abri,
ni une réunion de palais vides. »

Robert MESURET

« Tholose est une plaisante ville
C'est la plus belle ville de France
Ce sont des palais que les maisons. »

J.J. SCALIGER

Ville d'un fleuve (la Garonne), ville d'une ou plusieurs républiques (Ovalie sur Garonne – parce que terre des champions de France de rugby –, celle des Capitouls ou celle rouge et presque révolutionnaire des temps de Libération), capitale du bel canto et du pastel : Toulouse, c'est aussi et d'abord, comme le souligne Marie-Louise Roubaud, « une couleur, le rouge ocre de la brique, un accent chantant, un esprit dérangeant et qui résiste ».

Ville de l'entre-deux-mers entre Atlantique et Méditerranée, Toulouse est « épicurienne, subtile et tolérante ». Attributs que lui donne René-Victor Pilhes quand Nougaro, inventeur de son hymne désormais intemporel – « Ô Toulouse, ô mon païs » – nous rappelle qu'ici « même les mémés aiment la castagne » ; ville où le catharisme s'installe et l'Inquisition périclite ; ville ouverte à l'Autre, des Celtes ou Wisigoths aux rapatriés d'Afrique du Nord ; ville des familles politiques (Baudis, Baylet) ; ville tolérante après avoir traversé le temps de l'intolérance.

Toulouse, forcément ville de paradoxes, peut s'enorgueillir, comme le fait remarquer le géographe Bartolomé Bennassar, « de toutes les singularités : fidèle à la monarchie, elle vit une relative république au cours du XIIIe siècle, et bien que berceau de l'Inquisition, elle n'y demeure pas moins hostile. Épargnée par les guerres, elle abrite les Espagnols chassés par Franco ». Au vent de l'histoire qui la balaie, elle ajoute, insolente, ce vent d'autan qui annonce la pluie.

Toulouse est aussi une cité d'écrivains éclectiques : Raymond Abellio, au cœur de l'ésotérisme contemporain ; José Cabanis, de l'Académie française – sa notoriété est aujourd'hui affichée au fronton de la médiathèque ; une véritable école des troubadours ; sans oublier Claude Nougaro, dont les cendres ne cessent de mêler leurs accents de jazz et d'oc aux eaux-fortes de la Garonne, et les « Motivées » avec leur ballade contestatrice qui invente la démocratie chantée des contre-pouvoirs.

Fille de la brique, Toulouse est ville rose. Héritière du pastel, elle est monumentalement terre promise de cocagne, donc de rêves réalisés. Mère de l'art de l'hôtel particulier – dont le dictionnaire des hauts lieux illustres s'arrête encore volontiers aux patronymes emblématiques et légendaires de Courtois de Viçose, Pennautier et Puivert –, Toulouse est devenue la capitale européenne de l'aéronautique avec la chaîne des Airbus et le lancement, en 2005, du plus grand avion civil commercial, l'A 380.

Au cœur battant de l'histoire d'oc, la cité des violettes est devenue celle de l'innovation : de l'aéronautique à Météo France et à Galiléo, du dynamisme entraîné par l'arrivée de 12 000 nouveaux Toulousains par an à l'implantation du cancéropôle. La quatrième ville de France, retrouvant avec Philippe Douste-Blazy au Quai d'Orsay son goût de la gouvernance des temps de Villèle, est devenue technopole, centre du Grand Sud-Ouest, une des capitales de l'Europe méditerranéenne, d'où, par temps clair, la ligne enneigée des Pyrénées la rapproche, malgré Pascal, des autonomies basques, catalanes et aragonaises.

Ici, tout contribue à tourner les yeux vers le ciel : Goudoulin, les troubadours, Yves Rouquette, Nougaro et les fumets du cassoulet ou de la cuisine des sucs de la terre d'oc ; la belle aventure de Clément Ader qui, en inventant le premier engin motorisé volant, ouvrit le sillon où lèveront les blés de Caravelle, Concorde, Airbus, Ariane ; le « rouge et le noir » des maillots des joueurs de rugby du Stade Toulousain permettant d'introduire Stendhal dans les chapitres immédiatement contemporains d'ovalie au point de vouloir faire croire que le grand juriste Cujas, l'éminent publiciste Maurice Hauriou, le jeune professeur Georges Vedel – qui soutint sa thèse de docteur en droit à Toulouse – et les universitaires d'aujourd'hui en ont tiré l'origine des couleurs de leur toge professorale !

Siège de l'Académie des Jeux Floraux, peuplé de ces cafés et bistrots qui l'ont notamment élu, avec la République des Comités et l'emblématique *Dépêche de Toulouse* puis *Dépêche du Midi*, capitale du radicalisme des temps de IIIe et IVe Républiques ; abritant Pierre Dac dans un immeuble du boulevard de Strasbourg alors qu'il inventait la résistance radiophonique avant que de monter sur Paris ; sollicitant les promenades d'un de ses conseillers municipaux illustres – Jean Jaurès – le long des berges de Garonne, escorte d'un Carlos Gardel exportant son tango au pays de Borges.

Toulouse propose aujourd'hui, dans l'harmonie que l'ancien rend au moderne, au carrefour des paradoxes, d'être comme le rêvait Claude Nougaro « plus que le Sud-Ouest », « Ça pourrait devenir, et c'est d'ores et déjà d'ailleurs, la capitale d'un état d'âme ». Hâtez-vous, lectrice, lecteur, d'en être gourmands et gourmets, les goûteurs impénitents !

Stéphane BAUMONT

GÉOGRAPHIE SENTIMENTALE :
« LA VILLE ROSE »

RAYMOND ABELLIO

Toulouse versus Rome

La brillante carrière dans les Ponts et Chaussées de Raymond Abellio (1907-1986), polytechnicien, n'a jamais freiné son élan pour la littérature ni sa tentation du politique, de l'ésotérisme chrétien et de l'orientalisme. Touche-à-tout des idéologies, qualifié par André Breton de « grand décrypteur voilé », il livre dans le premier volume de ses Mémoires *un tableau remarquable de Toulouse, de son esprit comme de son histoire.*

Au début de ce siècle, Toulouse, où je suis né, n'était encore aux yeux des Français du Nord que la capitale du Languedoc, mais ce titre suffisait à sa gloire. Inchangée depuis le XVIIIe siècle, coupée de rues étroites pavées de galets pointus, resserrée et fermée sur elle-même dans la courbe d'un fleuve puissant, au cœur d'une vaste plaine, c'était une ville mal tenue et aux eaux croupissantes, faute d'égouts, et dont les couleurs n'étaient jamais pures : sa brique rougeâtre tombait en poussière grise, ses tuiles se fanaient au soleil, et l'été son ciel lui-même, chauffé à blanc, se voilait des vapeurs tristes montées du sol. Quant à ses habitants, on les voyait s'accorder à ce lieu très ancien et en accepter l'usure et le repliement. Ce qui frappait d'abord, c'était leur gravité, leur taciturnité, une sorte de pesanteur intérieure, de vigilance tournée vers le dedans. Chez ces héritiers d'une civilisation millénaire longtemps triomphante puis persécutée, maintenant dégradée, l'humeur batailleuse des ancêtres celtes s'était trouvée peu à peu contrainte, contenue, disciplinée, tout au long des répressions et des rancunes, par le calcul latin. Dans leurs actes et leurs pensées, rien ne semblait plus venir d'une impulsion du moment mais d'une complexion acquise. Même leur violence, qui affleurait vite, restait préméditée et raisonneuse, comme par l'effet d'un rite, d'une convention de tribu. L'histoire enseigne qu'un pays capable de dépersonnaliser ainsi les passions jusqu'à les faire objectives, devient lentement, sous le couvert de ce formalisme, le plus dissimulé et le plus redoutable de tous.

Aussi bien cette même ville, si renfermée, semblait-il, sur sa seule survie, s'employait-elle au même moment à conquérir la France, et la France ne le savait pas.

Dans leur vanité d'insulaires, les Parisiens ne voyaient dans le Languedoc qu'une province parmi d'autres, peuplée de paysans arriérés et de politiciens de village, au parler rocailleux. Or, Paris, pour ces provinciaux lointains, n'était déjà plus qu'une ville occupée et soumise. Avec la IIIe République, le Languedoc, qui n'exportait plus à Paris que des politiciens, pour y commander, et des fonctionnaires, pour en vivre, obtenait en effet sa revanche sur sept cents ans de servitude et d'effacement durant lesquels cette province trompeuse avait caché la permanence de sa vocation théocratique et impériale. Par son journal, *La Dépêche*, ses députés et ses ministres, le Languedoc régentait maintenant tout le radicalisme et colonisait la France après avoir été si longtemps colonisé par elle. Paris l'ignorait, mais, à bien regarder, Paris n'était plus qu'une ville de plaisir pour touristes, un campement d'intellectuels déracinés, le refuge, malgré ses grands peintres (encore faudrait-il faire ici la critique réellement ontologique de leur peinture), de tout un ramas d'esthètes cosmopolites que la fermentation des peuples rejetait sur ses marges et qui se croyaient la liqueur du monde alors qu'ils n'en exprimaient que le déchet. Toulouse méprisait Paris. C'est que le véritable ennemi séculaire de Toulouse, c'était Rome et non Paris : Toulouse n'avait jamais cessé de nourrir une vocation religieuse, surtout quand celle-ci empruntait le déguisement de la politique. Lorsque Guillaume de Nogaret, occitanien et patarin de vieille souche, se mettait au service de Philippe le Bel et allait souffleter le pape Boniface VIII à Anagni, c'était le catharisme tout entier, devenu souterrain, qui, par ce geste extraordinaire, signifiait à l'histoire sa présence capitale, et le pape en mourait. Plus tard, le calvinisme, bien que repoussé dans la montagne cévenole, apparut dans le Midi comme un surgeon de l'hérésie fondamentale. Mais ce fut seulement à la fin du XIXe siècle que ce même Midi fit réellement triompher sa Contre-Église. À ce moment, toute la France du Nord, livrée à la nouvelle civilisation des machines et aux conquêtes d'une science matérialiste à la fois ardente et naïve, vivait en pratique comme si Dieu était mort. Le Languedoc, lui, n'avait pas d'industrie, il ignorait l'accumulation capitaliste et, comme au moyen âge, laissait l'usure à ses Juifs ; le professeur et le juge y prenaient encore le pas sur le banquier ; le savant y était moins honoré que le poète. Refusant de réduire la politique à l'administration des choses et revendiquant pour elle le gouvernement non seulement des hommes mais des âmes, le Languedoc rentra dans la politique avec toute la force mystique mise en réserve durant sept siècles de centralisation parisienne et de silence.

Ma dernière mémoire,
tome I, *Un faubourg de Toulouse 1907-1927*

GUSTAVE FLAUBERT

La porte du Midi

Pour le récompenser de son succès au baccalauréat, la famille de Flaubert lui offrit un voyage, d'août à octobre 1840. Accompagné d'un ancien collègue de son père – le docteur Cloquet – et de la sœur de ce dernier, ses pérégrinations le conduisirent des Pyrénées à la Corse en passant par le Midi toulousain et méditerranéen. Il tira de ce voyage une relation assez riche et précise, publiée de manière posthume.

C'est ce que je me disais dans Saint-Sernin, à Toulouse, me promenant sous sa belle nef romane; catacombe de pierre où sont ensevelies de vieilles idées, nous n'avons pour elle qu'une vénération de curiosité et nous faisons craquer nos bottes vernies sur les dalles où dorment les saints. Eh! pourquoi pas? Que nous font les saints, à nous autres? Nous étudions l'histoire du christianisme comme celle de l'islamisme et nous nous ennuyons de l'un et de l'autre. Nous sentons bien qu'il nous faut quelque chose que nous ne savons pas, mais ce n'est rien de ce qu'on nous offre. J'étais fatigué de l'église, quelque beau que soit son roman, j'étais assommé d'église et je le suis encore.

[...]

Qu'avais-je besoin d'aller à Saint-Sernin pour voir des arceaux romans dans le goût moresque, un vieux christ en bois doré qui m'a fait penser à Don Quichotte et qu'un autre jour j'aurais trouvé superbe ? Mais j'avais mal dormi et j'avais froid, et puis il y a des choses qu'on ne sent bien qu'en certains jours ; il faut être en humeur et en veine de manger. C'est comme le canal du Midi sur lequel j'écris maintenant : traîné par des chevaux, notre bateau glisse entre des rangées d'arbres qui mirent leurs têtes rondes dans l'eau, l'eau fait semblant de murmurer à la proue, nous nous arrêtons de temps en temps à des écluses, la manivelle crie et la corde se tend. Il y a des gens qui trouvent cela superbe et qui se pâment en sensation pittoresque, cela m'ennuie comme la poésie descriptive.

[...]

Ainsi qu'à Saint-Bertrand-de-Comminges, le chœur de Saint-Sernin à Toulouse est de bois sculpté, bien inférieur à celui-ci tant par l'exécution que par le dessin ; les culs-de-lampe du dais continu qui couronne les miséricordes tombent moins bas, sont plus raides et plus carrés ; les miséricordes elles-mêmes ne signifient rien, elles sont sculptées plus lourdement et leur rangée est terminée aux quatre coins par de gros Amours qui ont le ventre tendu comme des hydropiques. Au fond, en face de la chaire de l'évêque et collée au mur, se dresse une grande Naïade les cheveux arrière et présentant l'abdomen dans un mouvement de croupe à la Bacchante, incartade drolatique mise en face de Monseigneur pour le délecter un peu pendant l'office. Car j'imagine que l'homme qui s'asseyait dans cette chaire-là, au milieu de ces femmes nues, de ces Amours bouffis et de ces guirlandes sur lesquelles ils dansent, devait lire Marot plus que saint Augustin et faire ses petites heures d'Horace, à la mode des prélats du XVIe siècle qui avaient peur de gâter leur latinité en lisant l'évangile.

[...]

C'est à Toulouse qu'on s'aperçoit vraiment que l'on a quitté la montagne et qu'on entre en plein Midi. On se gorge de fruits rouges, de figues à la chair grasse. Le Languedoc est un pays de soulas, de vie douce et facile ; à Carcassonne, à Narbonne, sur toute la ligne de Toulouse à Marseille, ce sont de grandes prairies couvertes de raisins qui jonchent la terre. Çà et là des masses grises d'oliviers, comme des pompons de soie ; au fond, les montagnes de l'Hérault. L'air est chaud, et le vent du Sud fait sourire de bien-être. Les gens sont doux et polis.

Voyage en pays de langue d'oc

ANDRÉ FRAIGNEAU

« Le rose de Toulouse est presque mauve... »

Dans Les Étonnements de Guillaume Francœur, *André Fraigneau trouve au « rose » de Toulouse une qualification originale. Il introduit, à sa manière, l'ambiance particulière et originale du Capitole.*

Les villes de faculté ont la couleur de leurs plaisirs. Toulouse est rose... Mais le rose de Toulouse est presque mauve comme la lumière du Théâtre du Capitole où se perpétue une tradition d'élégance, de bel canto, de loges fleuries de violettes, d'intrigues parfumées, assez voisine de la vie milanaise qui étourdissait Stendhal.

Les Étonnements de Guillaume Francœur

Chaude recommandation peut et doit être faite aux Toulousains comme à celles et ceux qui découvrent la « ville rose » de multiplier les brèves « villégiatures » sur les terrasses des cafés de la place du Capitole (« Mon Caf », « Le Bibent », « Le Florida », le restaurant « Les Arcades ») ou sur les plots qui la ceinturent pour vivre les couchers de soleil sur la pierre du Capitole.

TRISTAN DERÈME

L'âme de Toulouse

C'est dans le premier livre de la deuxième série de la collection « Portrait de la France » qu'a été publié le Toulouse *de Tristan Derème. Ces passages de prose poétique insistent plus particulièrement sur l'oisiveté, compagne idéale suscitée par la ville elle-même.*

Mais il est vrai que si je me trouve en votre ville aux cent clochers et dans les délices de la brique rose, ce n'est point seulement par l'effet d'un caprice. Apprenez, mon cher Labrette, que je me suis rendu dans ce décor afin de composer un livre sur Toulouse.

– Parlerez-vous de Saint-Sernin ?

– Peu, mais je parlerai de son historiographe, – c'est à vous, s'il vous plaît, que ce discours s'adresse – et je crois même que j'en ai déjà dit quelques mots.

– Vous avez donc entrepris votre ouvrage ?

– Non point, et si vous souteniez que j'en aie déjà écrit quarante-quatre pages, j'oserais à peine vous croire. Car, à la vérité, depuis que j'ai mis le pied en votre cité, je me sens un furieux désir de ne rien faire. J'ai l'horreur du papier blanc, des plumes et des encriers. Ah ! Toulouse ! Toulouse !... Qui dira, belle et douce ville, toute la paix et toute la sérénité que tu verses aux mortels qui errent par tes rues ou qui s'attardent aux bancs attiédis de tes promenades ! Ô charme de l'engourdissement...

Pourtant mon éditeur, l'aimable et terrible Émile-Paul, m'écrit des lettres dont j'ose à peine ouvrir les enveloppes. « J'attends votre *Toulouse* ! » m'écrit-il. « J'attends *mon Toulouse* ! » Eh ! moi aussi, je l'attends !... Il me le réclame en des épîtres de plus en plus brèves. La dernière ne contenait plus que ces deux mots : « Mon Toulouse ! » Maintenant il télégraphie : « Mon Toulouse ! » et, si je le puis dire, c'est sur l'air des lampions.

Mais allez donc écrire un *Toulouse.* Il y faudrait là vie d'un homme et d'un vieil homme. Voyez votre *Saint-Sernin* ; il aura un millier de pages. Or Saint-Sernin, c'est beaucoup, certes, dans Toulouse, mais ce n'est point toute la ville. Quand je pense à Saint-Étienne, aux Jacobins, aux vieux hôtels, à tous les corridors, à toutes ces cours intérieures où rient de beaux balcons anciens et des tourelles qui s'élancent vers l'azur... Si pour *Saint-Sernin,* il faut mille pages, pour Toulouse...

– Il n'est que de faire une règle de trois.

Mais savez-vous ce qui m'a le plus vivement frappé depuis que j'ai retrouvé l'air de votre ville ? C'est ce goût surprenant qui m'a pris d'être oisif, et je pense que dans cette paresse ornée, j'ai rencontré l'âme même de Toulouse.

[...]

J'avais besoin de revoir Toulouse pour parler d'elle, de revoir son ciel, ses vieilles maisons, ses vieilles églises ; et je songeais :

Gaston Baissette, toulousain,
Que ne suis-je votre voisin
Sur ces rives de la Garonne !

Les pigeons tournent dans l'azur,
La glycine pend au vieux mur,
Et le calme nous environne.

La brique est rouge sous le ciel;
Et Gaudion et Praviel,
Chantant avec Rozès de Brousse,
S'en vont au frais des Ponts-Jumeaux
Pour invoquer sous les rameaux
Apollon qui ne se courrouce.

Ne se courrouce *est pour rimer,*
Car Phœbus les sait bien aimer;
Mais ce pauvre Tristan Derème,
Dans le vacarme de Paris,
Contemple des bords peu fleuris
Et de pleurs emplit sa trirème.

Ô Baissette, à l'esprit subtil,
Trirème ou galère, faut-il
Que je précise davantage?...
Cependant les lourds autobus,
L'essence et ses flots par eux bus
Font trembler le sol et l'étage.

N'êtes-vous railleur et pervers
Si vous pensez que prose ou vers
En ce tumulte puisse naître?...
Goûterai-je encor le loisir
Et ces jours que j'ai vu fleurir
Dans les lilas sous ma fenêtre?...

– Eh ! bien, dit M. Lalouette, de quoi vous plaignez-vous ? Vous le goûtez, ce loisir.

– Mais je le goûte avec remords. Car je ne fais point mon livre. Le loisir, c'est Toulouse.

Toulouse

Publié en 1927 aux éditions Émile-Paul Frères

RENÉ DE CHATEAUBRIAND

Mœurs toulousaines

Dans le Livre quatorzième des Mémoires d'Outre-Tombe, *Chateaubriand décrit son « Voyage dans le Midi de la France » en 1802. L'hôtel de France l'accueillit à nouveau le 18 juillet 1838 où il rencontra, dix ans après leurs entrevues passionnées et réticentes de Cauterets, l'épouse du comte de Castelbajac, Léontine de Villeneuve, « l'Occitanienne » des* Mémoires d'Outre-Tombe.

À Toulouse, j'aperçus du pont de la Garonne la ligne des Pyrénées ; je la devais traverser quatre ans plus tard : les horizons se succèdent comme nos jours. On me proposa de me montrer dans un caveau le corps desséché de la belle Paule : heureux ceux qui croient sans avoir vu ! Montmorency avait été décapité dans la cour de l'Hôtel de ville : cette tête coupée était donc bien importante, puisqu'on en parle encore après tant d'autres têtes abattues ? Je ne sais si dans l'histoire des procès criminels il existe une déposition de témoin qui ait fait mieux reconnaître l'identité d'un homme : « Le feu et la fumée dont il étoit couvert », dit Goitaut, « m'empêchèrent d'abord de le reconnoître ; mais voyant un homme qui, après avoir rompu six de nos rangs, tuoit encore des soldats au septième, je jugeai que ce ne pouvoit être que M. de Montmorenci ; je le sus certainement lorsque je le vis renversé à terre sous son cheval mort. »

L'église abandonnée de Saint-Sernin me frappa par son architecture. Cette église est liée à l'histoire des Albigeois, que le poème, si bien traduit par M. Fauriel, fait revivre :

« Le vaillant jeune comte, la lumière et l'héritier de son père, la croix et le fer, entrent ensemble par l'une des portes. Ni en chambre, ni en étage, il ne reste pas une jeune fille ; les habitants de la ville, grands et petits, regardent tous le comte comme fleur de rosier. »

C'est de l'époque de Simon de Montfort que date la perte de la langue d'*Oc* : « Simon, se voyant seigneur de tant de terres, les départit entre les gentilshommes, tant français qu'autres, *atque loci leges dedimus* », disent les huit archevêques et évêques signataires.

J'aurais bien voulu avoir le temps de m'enquérir à Toulouse d'une de mes grandes admirations, de Cujas, écrivant, couché à plat ventre, ses livres répandus autour de lui. Je ne sais si l'on a conservé le souvenir de Suzanne, sa fille, mariée deux fois. La constance n'amusait pas beaucoup Suzanne, elle en faisait peu de cas ; mais elle nourrit l'un de ses maris des infidélités dont mourut l'autre. Cujas fut protégé par la fille de François Ier, Pibrac par la fille de Henri II, deux Marguerites de ce sang des Valois, pur sang des Muses. Pibrac est célèbre par ses quatrains traduits en persan. (J'étais logé peut-être dans l'hôtel du président son père.) « Ce bon monsieur de Pibrac », dit Montaigne, « avoit un esprit si gentil, les opinions si saines, les mœurs si douces ; son âme était si disproportionnée à notre corruption et à nos tempêtes ! » Et il a fait l'apologie de la Saint-Barthélemy.

Je courais sans pouvoir m'arrêter ; le sort me renvoyait à 1838 pour admirer en détail la cité de Raimond de Saint-Gilles, et pour parler des nouvelles connaissances que j'y ai faites ; M. de Lavergne, homme de talent, d'esprit et de raison ; mademoiselle Honorine Gasc, Malibran future. Celle-ci, en ma qualité nouvelle de serviteur de Clémence Isaure, me rappelait ces vers que Chapelle et Bachaumont écrivaient dans l'île d'Ambijoux, près de Toulouse :

Hélas ! que l'on seroit heureux
Dans ce beau lieu digne d'envie,
Si, toujours aimé de Sylvie,
On pouvoit, toujours amoureux,
Avec elle passer sa vie !

Puisse mademoiselle Honorine être en garde contre sa belle voix ! Les talents sont *de l'or de Toulouse* : ils portent malheur.

Mémoires d'Outre-Tombe

HIPPOLYTE TAINE

« Toute rouge de briques dans la poudre rouge du soir »

De 1863 à 1866, Hippolyte Taine voyagea des Pyrénées au Midi toulousain. Ses notes et son journal, non publiés de son vivant en dépit de ses souhaits, furent réunis en 1896 par Hachette & Cie sous le titre Carnets de voyage, notes sur la province.

Cependant, hier, l'église de Saint-Étienne, à six heures du soir, était grandiose et lugubre. Elle est toute biscornue, déjetée d'un côté. Mais au dedans, dans l'obscurité, un pilier gigantesque montait, noirci, indistinct, parmi des clartés indécises, des tableaux énormes, des boiseries. Je ne trouve pas de mots pour rendre ces noirceurs insondables, vagues, mouvantes, à la Rembrandt, ce grandiose vaisseau rempli d'ombres. – La rosace gardait encore quelque lumière, douloureuse et mystique avec son incarnat violacé, ses figures étranges et entrelacées, les derniers scintillements de la sanglante magnificence. Comme c'est là le ciel, vu le soir en rêve, par un homme qui aime et qui souffre !

Beaucoup de promenades dans la ville, surtout le soir. Elle est bien tortue, bossue. « C'est un Poitiers endimanché », disait le colonel. Mais il y a du mouvement dans la rue, une foule sur la place, au café ; tout cela ondoie dans l'ombre noire rayée de lumière. – Ce n'est pas une ville morte, c'est un centre, une capitale provinciale fière d'elle-même. Elle a deux journaux fort répandus ; on les trouve chez le plus mince coiffeur ou gargotier ; ici, dans notre hôtel, qui est le meilleur, pas un journal de Paris.

[...]

Les gens ici me déplaisent excessivement. Il y a dans l'accent un jappement et comme des rentrées de clarinette. À les voir remuer, s'aborder, on sent qu'on est en présence d'une autre race : un mélange du carlin et du singe ; une facilité vide, une exagération involontaire et continue ; un manque de tact perpétuel. (Par exemple, un avocat, un maître de pension nous abordent et plaident pour avoir le droit d'entrer à toute minute dans notre salle d'examens.)

[...]

Voyage en pays de langue d'oc

> Ces critiques parfois excessives permettent de mieux comprendre pourquoi Hippolyte Taine se peignait ainsi dans lesdits *Carnets* : « Mais je sens bien que pour mon compte, mon vrai, mon profond plaisir me viendra toujours des forêts et des fleuves. Je ne suis pas un homme du Midi, mais du Nord. »

ANONYME

Recettes de bonnes femmes

Trois œuvres anonymes furent imprimées à Toulouse autour de 1555 : Les ordonnances et coutumes du livre blanc, observées de toute ancienneté, composées par les femmes sages de Toulouse et transcrites en bonne forme par leur secrétaire; Les non pareilles recettes pour rendre les femmes sonnantes, riantes, plaisantes, jolies et belles, et aussi pour les faire chanter et marcher comme il se doit en mesure, depuis peu rédigées et corrigées en bonne et due forme; *enfin* La Requête faite et baillée par les Dames de la ville de Toulouse aux messieurs maîtres et mainteneurs de la gaye science de Tolose. *Selon J.-B. Noulet, ces trois œuvres s'inscrivent sur le fond féministe de la « querelle des femmes » ouverte par Marguerite de Navarre et reprise à Toulouse en 1534. Ces quelques extraits des* Non pareilles recettes... *mettent en scène un conteur qui s'adresse à une assemblée de « messieurs », réunis dans le Collège des arts et science de rhétorique, qui deviendra à partir de 1694 l'Académie des Jeux Floraux.*

À la très grande humanité
de vous, messieurs d'autorité
qui êtes céans assis
sur les beaux bancs tapissés.
Moi qui me suis ci-dessous signé,
j'avais il y a longtemps imaginé
de venir ici pour la fête
vous présenter une requête

laquelle est fort juste et civile
contre quelques femmes de cette ville
qui, sans aucun remords
de conscience, me font tort
comme je vais vous le conter tout au long.

L'autre jour, je ne sais combien de temps il y a,
un grand troupeau de demoiselles
et d'autres dames fort belles
accompagnées de servantes
hardies et sonores
s'en allèrent d'un commun accord
banqueter toutes en un jardin,
et Dieu sait si elles avaient oublié
leur langue si affilée.
On y dit plus d'un poème,
en courant et en sautant si fort de tout côté,
qu'elles furent lasses de danser.
Elles se mirent alors à penser
au temps qu'elles avaient devant elles,
se disant qu'il leur fallait pourvoir
à se maintenir en bon état.

Elles en vinrent à la conclusion
de rechercher quelque personnage
doté d'un bon cœur,
préférablement un écolier
qui allât jusqu'à Montpellier
où sont les fleurs de médecine,
pour leur apporter des drogues rares
et des recettes appropriées
pour les maintenir bien accommodées

sans lunettes ni lorgnons.
Elles rédigèrent leurs mémoires,
grands, je ne sais combien, avec hardiesse.

Or la fortune me met devant elles,
au moment où elles passaient la porte,
je ne sais comment cela se fit.
Ce fut pour moi un grand malheur.
Elles crient : « Ho ! mon ami,
venez, vous vous faites trop appeler. »
Puis les unes me donnèrent
force fleurs, d'autres des rameaux,
d'autres me peignaient les cheveux ;
on ne vit jamais rien de tel.
Je restai un long moment
ravi comme un passereau.
J'en étais transfiguré.
Pensez, il y avait bien de quoi rire.
Alors elles me dirent
tout doucement : « Auriez-vous le loisir
de nous faire un singulier plaisir ? »
Et elles m'enseignèrent leur affaire,
me priant de ne pas faillir
à faire pour elles le messager,
me promettant, pour tout potage,
de me ménager de bons partis.
Je n'en dis pas plus, vous êtes avertis
de la façon qu'ont les femmes
quand elles ont quelque peu besoin de nous.
Palsambleu ! elles me retinrent si bien,
me firent promesses et flatteries
que je leur promis tout

et me mis dès le lendemain
en chemin sans plus tarder.

Or je leur ai fait ordonner
force drogues, force recettes :
voulez-vous voir si elles sont honnêtes ?

In Philippe Gardy,
Histoire et anthologie de la littérature occitane (tome I),

FERNAND COUSTEAUX

La saucisse de Toulouse

Journaliste et rédacteur en chef emblématique de la Dépêche du Midi, *Fernand Cousteaux présente ici, en fin connaisseur du terroir, la cuisine dite « toulousaine ».*

Éloignée de la cuisine provençale et finalement assez proche de celle de nos voisins bordelais, à l'exception du poisson, la cuisine toulousaine traditionnelle est fortement marquée par ces convergences et riche de ses diversités. Elle exprime à la fois la rudesse des vallées pyrénéennes ou des monts de Lacaune, les trésors du Quercy, les somptueuses abondances des plaines de la Garonne, la solitude du berger des Causses, exposant ses fromages de brebis aux mystères de ses moisissures des grottes de Roquefort, comme l'obstination et la truculence des vignerons de Cahors, de Gaillac, de Fronton, de Buzet, du Minervois, des Corbières ou du Madiran, car il n'est pas de gastronomie ailleurs qu'en pays de vin. Tout cela et bien plus encore – tel le propriétaire gascon qui chauffe toujours au bois de chêne son alambic et « brûle » sa blanche d'Armagnac – raconte et résume le génie particulier et les multiples attraits de ces termes d'échange.

[...]

Quant au cassoulet toulousain il comporte évidemment du confit d'oie ou de canard. Et à l'instant de le passer au four on pose sur la surface quelques décimètres de saucisse de Toulouse préalablement rôtie ; précisons bien « saucisse de Toulouse » car cette catégorie est dûment répertoriée dans la production charcutière qui chez nous a d'ailleurs créé une confrérie pour la promouvoir. Elle ne saurait être confondue avec nulle autre : son diamètre varie entre trois et quatre centimètres, et elle doit être hachée à la main assez grossièrement. recommande la théorie des mères fondatrices.

[...]

Pourtant le « radicalisme cassoulet » qui connut son apogée dans l'entre-deux-guerres n'avait pas, il s'en faut, que les travers bonasses relevés par des contempteurs ignorants abusés, sans doute, par les rondeurs du bien-vivre et d'une convivialité ancestrale.

« L'Oie, de la tête au cul », in *Toulouse*

EZRA POUND

« Cette ville de brique au bord des eaux vertes de la Garonne »

En fouillant dans ses papiers en 1958, Ezra Pound (1885-1972) retrouva des carnets de voyage de l'été 1912 au cours duquel il avait parcouru à pied les paysages des troubadours dans le sud de la France. Après avoir effectué le chemin le conduisant de Rodez à Rabastens en passant par Albi et Gaillac, il sauta à Montastruc dans un train qui l'emmena jusqu'à Toulouse.

Et cette église, Vidal peut fort bien l'avoir connue ; la double colonnade qui dessine la nef paraît étroite et laisse le transept s'épanouir naturellement dans toute sa splendeur romane, diaprée, parfaite.

Il me semble que c'est la plus grande église romane que j'aie jamais vue, et, après San Zeno, la plus belle. Mais peut-être ai-je tort de les comparer.

La Daurade, car cette ville de brique au bord des eaux vertes de la Garonne, c'est aussi la ville de Mandetta, la Daurade est en ruine, autant qu'église peut l'être. Il n'en reste rien, mais rien, si ce n'est les belles proportions romanes. Cependant, il est plaisant, malgré tout, de se retrouver tout près du lieu qui vit fleurir un amour sous de si parfaits auspices.

accordatta et stretta.

Pour les ossements de Clémence Isaure, je m'en soucie bien moins.

Qu'ils reposent comme ils pourront, et les fleurs aussi.

Pendant la messe, mêmes buissons d'étoiles près de l'autel, même procession, mêmes oscillations de la croix, même éclat de l'or des chapes, même vent dehors, qui rebrousse la Garonne devenue grise.

Pegulhan était de Tolosa.

À propos des troubadours de Tolosa – enfin, à propos de cela comme du reste –, il me paraît que les traductions des *canzoni*, même pour celles qui sont acceptables sans leur musique, sont pour la plupart plates et sans intérêt, parce que leurs traducteurs ignorent les raffinements de cet art et ne sauraient donc transmettre au lecteur le charme du texte original. Car le charme, en poésie comme dans tous les arts, n'est rien d'autre, n'est rien de moins que l'effet produit par ces « raffinements » qui, pour la plupart, obéissent à des règles et des lois – il est vrai que le sentimental et l'amateur voudraient bien qu'il en fût autrement.

Sur les pas des troubadours en pays d'oc,
traduit de l'anglais par Béatrice Dunner

Selon Richard Sieburth, les diverses allusions à Toulouse (ou « Tolosa ») relevées dans les *Cantos* semblent se référer à un séjour ultérieur d'Ezra Pound dans la ville rose, au printemps et à l'été 1919. À cette occasion, Pound écrivit une série d'essais sur l'histoire et la littérature françaises qui parurent dans *The New Age* sous le titre « Pastiche : The Regional ».

JULES MICHELET

Un air d'Italie

Dans l'une de ses œuvres monumentales rédigées de 1833 à 1867, Histoire de France, *Jules Michelet apporte systématiquement, par l'étude autant que par l'observation née des voyages, la géographie de cette histoire. Toulouse n'échappe pas à cette règle.*

Vous arrivez le soir dans quelque grande et triste ville, si vous voulez, à Toulouse. À cet accent sonore, vous vous croiriez en Italie ; pour vous détromper, il suffit de regarder ces maisons de bois et de brique ; la parole brusque, l'allure hardie et vive vous rappelleront aussi que vous êtes en France. Les gens aisés du moins sont français ; le petit peuple est tout autre chose, peut-être espagnol ou maure. C'est ici cette vieille Toulouse, si grande sous ses comtes ; sous nos rois, son Parlement lui a donné encore la royauté, la tyrannie du Midi. Ces légistes violents, qui portèrent à Boniface VIII le soufflet de Philippe le Bel, s'en justifièrent souvent aux dépens des hérétiques ; ils en brûlèrent quatre cents en moins d'un siècle. Plus tard, ils se prêtèrent aux vengeances de Richelieu, jugèrent Montmorency et le décapitèrent dans leur belle salle marquée de rouge. Ils se glorifiaient d'avoir le capitole de Rome, et la cave aux morts de Naples, où les cadavres se conservaient si bien. Au capitole de Toulouse, les archives de la ville étaient gardées dans une armoire de fer, comme celles des flamines romains; et le sénat gascon avait écrit sur les murs de sa curie : *Videant consules ne quid respublica detrimenti capiat.*

Histoire de France

STENDHAL

Mesquine Toulouse ?

Avant d'entamer l'écriture de La Chartreuse de Parme, *Stendhal – pour satisfaire une commande d'éditeur – rédigea, à 54 ans,* Les Mémoires d'un touriste. *Cet ouvrage est présenté sous le couvert d'une fiction : le voyage en France, de Bretagne en Avignon, de Normandie à Toulouse, d'un marchand de fer.*

Toulouse, 28 mars 1838

– Arrivé à midi à l'hôtel Casset. Colonnes, moulures en briques de la façade. Ville pavée en petits cailloux gris noir de la forme d'un rognon à la brochette ; marche insupportable comme à Lyon.

Toulouse est presque aussi laide que Bourges, seulement les maisons ont trois ou quatre étages ; mais je crois qu'on n'en trouve pas trois de suite dont la façade forme une ligne droite.

Mais Toulouse a un charmant musée et surtout un cloître gothique où l'on a rassemblé les marbres romains ou chrétiens. Il me rappelle ce charmant musée des Petits Augustins, si monarchique, si religieux, que l'imbécillité aveugle de certaines gens se hâta de détruire en 1815.

Grossièreté et saleté incroyables de la classe peuple de Toulouse, à laquelle seule j'ai eu affaire depuis cinq heures que j'y suis. Quelle différence avec l'hôtel de M. Baron à Bordeaux, auquel on ne peut reprocher que de sentir le graillon !

[...]

Rien de plus laid que le pont sur la Garonne si ce n'est la porte qui le termine et la statue en bas-relief de Louis XIII, je crois, qu'un bataillon de la garde nationale toulousaine y a rétablie. C'est autour de ce pont sur la rive gauche de la Garonne que s'élève la machine à eau qui forme une tour d'élévation médiocre. Les ormes du cours voisin sont horribles ; ils ont l'air d'avoir huit ou dix ans ; il n'y a quelques beaux arbres qu'à la jonction du canal du Midi avec la Garonne. Pour que les deux mers fussent vraiment réunies, il faudrait que la Garonne fût navigable de Toulouse à Langon, il faudrait un canal latéral. En allant au pont j'ai remarqué une fort belle église de briques avec une foule de contreforts étroits. Elle appartient au régiment d'artillerie de Toulouse qui y place ses chevaux. Je suis entré dans l'église de la Daurade ainsi nommée, dit-on, parce qu'autrefois ses pilastres étaient dorés. Ils sont recouverts aujourd'hui d'immenses morceaux de papier noir marbré de blanc. Rien de plus laid, mais cette laideur est peut-être causée par le saint temps de carême où nous sommes.

[...]

Le Capitole, façade bâtie en ***, est tout ce qu'il y a de plus laid, mais le reste de la ville est si mesquin que la vue de ce gros bâtiment donnant sur une place à peu près carrée, fait plaisir. Ce palais a un rez-de-chaussée et deux étages. [...]

Le nord et le midi de la place du Capitole sont formés

par des bâtiments fort plats mais réguliers. Les maisons horribles qui font face au Capitole, font ventre sur la place. Je pardonne parfaitement leur existence à la ville de Toulouse ; elle n'est pas assez riche pour les acheter. Si jamais on peut les acheter, il faudrait agrandir la place au couchant de tout l'espace qu'elles couvrent.

Cette place est couverte toute la journée d'une foule de petites boutiques. J'y achète trois réfutations protestantes du mandement de Monseigneur l'archevêque pour le carême.

Les Mémoires d'un touriste

RENAUD CAMUS

« L'architecture que j'aime »

Toulouse est souvent présente dans l'œuvre autobiographique de Renaud Camus. Sans doute parce que la ville se trouve à une heure de route à peine du château de Plieux, lieu de villégiature et d'écriture de l'écrivain. Ces extraits du Journal *de 1980 permettent de mieux rentrer dans l'esthétique culturelle de la ville rose.*

Mais je reviens toujours au Capitole. Voilà l'architecture que j'aime. J'ai eu grand tort d'oublier cette place dans mon tableau comparatif des places de France, parce qu'elle est parmi les plus heureuses. Bizarrement, néanmoins, elle ne fonctionne pas tout à fait bien, parce que le centre est généralement désert, l'animation demeurant au pourtour. Une fontaine, quelques bancs pourraient sans doute remédier à cela. Mais on tremble en pensant à ce que pourrait être une fontaine érigée aujourd'hui sur cette place. Le mieux serait quelque monument ancien récupéré dans un musée, ou chassé d'ailleurs : ils ne doivent pas manquer. Pardonnez-moi de jouer les petits Stendhal. Je « m'identifie » d'autant plus qu'à Toulouse comme partout il se donne un mal fou pour trouver « le meilleur café » : des trente qui bordent la place du Capitole, il attribue le titre précieux au « café Lissençon », dont je ne sais pas s'il existe encore. Au Richelieu comme partout, le plaisir ni l'agrément ni le confort du client ne sont des considérations qu'on prend en compte ; on ne le prétend même pas, on n'y songe nullement ; mais la rentabilité et le profit.

[…]

Lundi 9 juin 1980.

Onze heures, aux Jacobins. Quelle étrange construction ! Magnifique de l'extérieur par la simplicité grandiose du parti, très impressionnante et très bizarre de l'intérieur, avec ses sept énormes colonnes centrales qui la divisent en deux nefs jumelles aboutissant à une seule large abside. Le plus étonnant des piliers est bien sûr le dernier, le fameux « palmier » qui commande à lui seul, si j'ai bien compté, vingt-deux nervures de voûte. Vaste, claire, lumineuse, meublée de peu de chaises frileusement concentrées vers le milieu de la nef gauche, les Jacobins sont l'église de France qui évoque le mieux les tableaux de Saenredam.

Le maître-autel, récent, surmonte les reliques de Thomas d'Aquin. Ajoutant encore à la singularité de la disposition générale, il est parallèle aux deux nefs, parmi les quelques chaises.

[…]

La salle des mariages, la salle des Henri Martin et la salle des Illustres auraient pourtant mérité de ma part plus de temps, car l'amateur de peinture d'histoire et de grandes machines décoratives y est de toute part flatté. Le cardinal Loménie de Brienne inspecte les travaux de sculpteurs près des remparts, le général Dupuy pénètre dans Le Caire sous un superbe ciel nocturne, un régiment toulousain quitte Belfort avec les honneurs de la guerre, la Poésie rencontre Toulouse et décide de ne plus la quitter. Dans tout cela peu d'art et souvent beaucoup de métier, qui s'étale sans contrainte, par exemple dans l'œuvre gigantesque de l'extrémité droite de la galerie : elle représente quelque pape, peut-être Urbain II, faisant son entrée dans Toulouse, sans doute (je n'ai pas trouvé le titre et n'avais pas le temps de chercher mieux) ; tout n'y tend qu'à l'effet, et l'obtient. Singulière parmi tous ces morceaux si précisément léchés, une œuvre d'Antonin Mercié est inachevée. Il avait fait de ma grand-mère Louise, à Royat, au début de la guerre de 14, un petit portrait de profil, dont je ne sais pas ce qu'il est devenu. J'ai souvent rencontré son nom dans le Midi.

Si le kitsch n'atteint à sa perfection que dans le colossal et le somptueux, la grande galerie ou Salle des Illustres pourrait bien être ce qu'il y a de plus kitsch en France. Elle s'allonge, sur deux étages, derrière la presque totalité de la façade du Capitole. Elle tient du métro de Moscou et des inspirations les plus effrénées de Louis II de Bavière, et le grand foyer de l'Opéra de Paris, auprès d'elle, ressemble à la salle d'attente d'un dentiste de Courbevoie. Je ne peux me retenir d'un peu de sympathie amusée pour les édiles républicains qui, vers 1880, ont décidé, dans leur civisme, que Toulouse se devait d'écraser de ses ors et de ses marbres toutes les autres villes de France et les fastes monarchiques d'antan.

[...]

Les Quatre Saisons, d'Henri Martin. Les quatre volumes de *Travers*, où le nom Henri Martin tient une certaine place, pourraient porter chacun en sous-titre le nom d'une saison. Le second, qui serait *L'Été,* est le plus présent à mon esprit. *L'Été*, ici, est immense, et vraiment joli : faucheurs dans un pré, devant un rideau de peupliers aux contours dorés, près d'une rivière imagine-t-on ; au fond, une colline de bruyères mauves. Lumière de fin d'après-midi, aux ombres longues. Trois petites filles dansent au premier plan, non sans « remplissage ». C'est assez proche de certaine fresque que j'aime bien à la Sorbonne : un professeur a emmené ses élèves sous les pins parasols, près de la mer.

Dans la Salle des Illustres, quelques gros fauteuils rouges alignés et des tables recouvertes de velours rouge sont posés maladroitement, ici et là, comme dans un entrepôt, et donnent l'impression d'un espace impossible à gérer.

Journal d'un voyage en France

Le 25 avril 1838, de passage à Toulouse, Stendhal écrivait : « Je pensais bien ne pas voir ce qui à Toulouse s'appelle avec une certaine emphase la salle des Illustres au Capitole. Nous voyons quels choix font les Académies. Songez à ce que peuvent être des gens élus par les principaux bourgeois d'une ville. »

JEAN JAURÈS

« Paris, faubourg perdu de Toulouse »

Éditorialiste à La Dépêche de Toulouse *dès 1887, enseignant dans la ville rose dont il fut conseiller municipal dès 1890 (adjoint à l'Instruction publique), Jean Jaurès utilisa sa tribune comme critique littéraire et philosophique de la société. Dans son article du 17 août 1898 intitulé « Choses de Paris », il livre ses sentiments sur les rapports entre les deux capitales.*

Le devoir professionnel m'a appelé pour quelques jours à Paris. Dans cette période de vacances et de canicule, me voilà de nouveau Parisien – et j'ose à peine l'avouer, j'ai lu tous ces jours-ci un si vif éloge du Languedoc et de la Gascogne, les Cadets de Gascogne ont si divinement célébré le génie de la terre natale et la lumière de notre ciel, que j'éprouve une sorte de confusion à habiter encore Paris, faubourg perdu de Toulouse. Pourtant, dussé-je être accusé encore à ce propos de trahison, je me risquerai à dire quelque bien de la capitale de l'Île-de-France.

[...]

J'aimerais, je l'avoue, qu'à Paris nos artistes se souviennent tout haut de Toulouse et qu'à Toulouse ils se souviennent tout haut de Paris. Nous avons tous besoin à cette heure d'une large compréhension et d'une absolue sincérité. Il m'eût paru beau que nos artistes, en pleine fête toulousaine, eussent rappelé au peuple ce qu'ils devaient, au-dessus de la patrie locale, à la puissante éducation du génie humain.

[...]

Qu'on ne nous prêche donc pas une sorte de séparatisme intellectuel. Toulouse n'a été grande, dans le passé lointain, que par son union avec la vaste civilisation humaine. Le jour où elle ne serait plus qu'un fragment enflammé qui se détache orgueilleusement du soleil, elle ne tarderait pas à s'éteindre.

« Choses de Paris » in *Œuvres*, tome XI

> Jean Jaurès est au cœur de la vie quotidienne à Toulouse : d'imposantes sculptures de sa tête trônent au Capitole (dans le salon d'honneur comme au pied de l'escalier conduisant à la salle des Illustres) ; un tableau d'Henri Martin le représente en train de se promener sur les bords de la Garonne avec amis, militants ou condisciples ; des allées et une station de métro portent aussi son nom.

HENRY JAMES

Une ville moins pittoresque que son nom ?

À l'âge de la voiture à cheval, en cette fin de XIXe siècle, Henry James traverse la France au petit trot. Il improvise un itinéraire, de ville en ville, dort dans les auberges ou chez l'habitant. Écrivain et voyageur au regard inquisiteur, se laissant guider par ses sentiments et ses sensations, il satisfait d'abord son goût de l'esthétique en solitaire, avec son bagage culturel, son français courant et son empressement à parler aux étrangers. Il nous livre ici ses impressions toulousaines.

Il est très distrayant de parcourir ce grand jardin souriant qu'est la Gascogne ; je parle du parcours que j'ai fait en me rendant de Bordeaux à Toulouse.

[...]

Toulouse elle-même a un peu de cette allure italienne, mais pas suffisamment pour donner de la couleur à ses rues sombres, sales et tortueuses, qui sont sans règle mais aussi sans folie et qui, n'était la superbe église de Saint-Sernin, seraient totalement vides de monuments.

J'ai déjà évoqué la façon dont le nom de certains lieux s'impose à l'esprit et je dois ajouter celui de Toulouse à la liste des appellations expressives. Il fait certainement naître une vision ; il suggère quelque chose de hautement « méridional ». Mais la ville, avouons-le, est moins pittoresque que son nom, en dépit de la place du Capitole, des quais de la Garonne ou du curieux cloître du vieux musée. Ce qui justifie les images dont le nom est porteur, ce n'est pas l'aspect de la ville, c'est son histoire. L'hôtel vers lequel se dirigera le voyageur avisé se dresse à l'un des angles de la place du Capitole, qui est le centre et le cœur de Toulouse et qui entretient vaguement une ressemblance à bon marché avec la Piazza Castello de Turin. Le Capitole, avec sa large façade moderne, en occupe un côté et, comme le palais de Turin, il fait vis-à-vis à de hautes arcades sous lesquelles sont installés les hôtels, les principaux magasins et les citoyens qui se reposent. Si les magasins valent probablement mieux que ceux de Turin, les gens ne sont pas aussi bien. Ratatinés, ternes et l'air passablement mal bâtis, ils n'ont rien de la richesse personnelle des vigoureux Piémontais ; et je profite de cette occasion pour faire remarquer qu'en plusieurs semaines de voyage à travers la province française, il m'est rarement arrivé de rencontrer un représentant du sexe masculin qui fût bien habillé. Serait-il possible que les républiques n'encouragent pas à faire un peu attention à sa barbe et à ses bottes ? Je propose cette hypothèse futile parce qu'il m'a semblé que la proportion de manteaux et de pantalons soignés était à peu près la même en France et dans mon pays. Elle est sensiblement moins élevée qu'en Angleterre et en Italie, même si l'on admet que la plupart des bons provinciaux ne se rasent le menton et ne cirent leurs bottes qu'une fois par semaine. Je me hâte d'ajouter, de peur que ma remarque ne semble tristement superficielle, que ni les manières ni la conversation de ces messieurs n'avaient, autant que j'aie pu les apprécier, de rapport avec l'état de leur menton ou de leurs bottes. Elles furent presque toujours d'une extrême aménité. À Toulouse, la tentation était très forte de parler aux gens pour le simple plaisir d'entendre l'accent curieux et fascinant du Languedoc, accent qui multiplie apparemment les consonnes finales et qui conduit les Toulousains à dire *bien-g* et *maison-g*, comme des Anglais qui apprennent le français.

Voyage en France,
traduit de l'anglais par Philippe Blanchard

PHILIPPE SÉGUR

Une ville en feu

Quand un professeur de droit public de l'Université des sciences sociales de Toulouse devient, avec bonheur, l'auteur d'un premier roman à succès, Métaphysique du chien, *on sait dès lors qu'au pays de Cujas, Maurice Hauriou et Georges Vedel les prosateurs ne se cachent pas longtemps derrière les codes.*

La ville était rouge. C'était une ville en feu. Elle avait toujours eu sur les façades les couleurs mouvantes d'un incendie. Il y avait un beau coucher de soleil. Des bandes de nuages rougeoyaient dans le ciel violet et les murs explosaient. Sur la place Saint-Étienne, les briques rongées des grandes bâtisses élevaient des rideaux de braise que pansaient des rangées de volets blancs bien alignés. La cathédrale découpait sur le soir le bloc massif de sa silhouette sombre. Son ombre gagnait sur la lumière irradiante des pavés. Celle-ci lentement se retirait pour monter en ruisseau brûlant le long des murailles. Elle finirait par s'évanouir tout en haut dans l'air limpide, au-dessus des tuiles cuites par le midi.

Régulièrement, Paul venait sur la place Saint-Étienne regarder le crépuscule atténuer la douleur rieuse des façades. Il aimait cette ville. Il y avait en elle quelque chose de noble ainsi qu'une chaleur qui laissait deviner derrière le calme des vieilles demeures la violence qui couvait. Il avait toujours été l'enfant de cette architecture-là. Il ne pourrait jamais quitter ce brasier, ces pierres façonnées par les flammes. Il se sentait passer à travers elles comme une escarbille échappée d'un foyer furieux.

[...]

L'air était frais. Le ciel était pur. La ville s'animait. Des enfants, le cartable sur le dos, partaient pour l'école en se chamaillant. Déjà, les autobus étaient là pour les prendre en rendant un soupir à chaque arrêt. Les voitures circulaient avec une fluidité d'aurore. Les feux encore allumés leur donnaient l'allure d'une paisible procession. Les bruits étaient atténués. Chacun prenait le temps de renaître. Sur les trottoirs, près des commerces, les livreurs déchargeaient les marchandises. Il flottait dans les rues un parfum de légume frais, de croissant chaud et de café torréfié. Les taches de lumière des vitrines s'estompaient. Les boutiquiers étaient à l'ouvrage, se préparaient à accueillir les premiers clients. Le flux grouillant de vie se répandait dans les artères, dans les venelles, dans les moindres interstices ouverts entre les constructions. Sur les pierres écarlates des bâtisses, les derniers réverbères s'éteignaient. L'éclat tisonné des façades se ravivait et bientôt celles-ci s'embraseraient. La ville rouge quittait la nuit.

Métaphysique du chien

JOSEPH BARTHÉLEMY

« Nous admirons par temps clair l'incomparable toile de fond des Pyrénées »

Le 22 avril 1931 eut lieu la cérémonie de l'inauguration du monument élevé par souscription à Maurice Hauriou, doyen de la Faculté de droit de l'université de Toulouse, grand publiciste, « sachant, comme le soulignait Georges Vedel, établir entre le droit et les grands concepts sociaux, moraux et philosophiques une liaison constante ». Joseph Barthélemy, membre de l'Institut, professeur à la Faculté de droit de Paris, délégué de l'Académie des sciences morales et politiques, prononça un discours où il fut, en conclusion, question des rapports étroits que le doyen Hauriou entretenait en compagnie de ses collègues et de ses disciples avec Toulouse.

À l'âge où les années sont venues l'appesantir, le professeur, qui a l'honneur de faire entendre sa voix dans cette assemblée, n'a pas oublié le jeune étudiant que Hauriou venait appeler, le plupart des matins, d'un coup de cloche dans une de ces vastes cours de ces vieilles maisons qui s'abritaient sous la flèche, aujourd'hui hélas ! défunte, de la Dalbade. Nous faisions le tour des deux Ponts, nous admirions, par temps clair, l'incomparable toile de fond des Pyrénées, nous suivions la prairie où nous aimions nous figurer voir vivre et se mouvoir, comme dans la fameuse toile d'Henri Martin, les illustrations historiques ou légendaires de notre capitale languedocienne ; ignorant à ces époques lointaines cette fébrilité qu'une contagion fâcheuse semble avoir portée jusqu'à cette belle et calme cité, nous nous acheminions, sans hâte, par la rue des Lois jusqu'à la maison où on les enseigne. Comme il avait horreur de la banalité dans la pensée, dans l'écriture et dans la parole, il arrivait parfois qu'il ne disait rien, parce qu'il croyait n'avoir rien à dire. Je respectais son silence ; il ne me forçait pas à sortir du mien. Mais le plus souvent aussi, quel régal de conversations, libres mais toujours élevées, comme on s'imagine celles des maîtres de la Grèce antique avec leurs disciples préférés. Et c'est à raison de tous ces souvenirs qui, aujourd'hui, remontent en foule à ma pensée et à mon cœur, que je vous demande, Messieurs, après avoir apporté à Maurice Hauriou l'hommage de l'Institut de France, de me permettre de jeter, comme une modeste gerbe au pied de ce monument, l'expression personnelle de ma fidèle gratitude.

Cérémonie de l'inauguration du
monument élevé par souscription
à Maurice Hauriou,
publié en 1931 par la Librairie
du Recueil Sirey

CÉLINE

« Les rivières ne sont pas à leur aise dans le Midi »

À la fin du Voyage au bout de la nuit *surgit la ville de Toulouse. Il y est question des environs, des vignobles et, bien sûr, du fleuve. Même si les développements sont brefs, Céline évoque Toulouse à deux reprises. Ce Sud-Ouest qu'il évoque à peine ici, il le découvrit d'abord à Bordeaux en avril 1919 quand il obtint la première partie du baccalauréat. En mai de la même année, il reprit son travail de conférencier de la Mission Rockefeller en Gironde. Enfin, pendant l'été 1921, il fit un court voyage dans les Pyrénées et passa par Pau en août 1931.*

Au moment où j'allais pour prendre mon billet, ils m'ont retenu encore, pour une semaine de plus fut-il convenu. Histoire de me montrer les environs de Toulouse, les bords du fleuve bien frais, dont on m'avait beaucoup parlé, et de me faire visiter surtout ces jolis vignobles des environs, dont tout le monde en ville semblait fier et content, comme si tout le monde était déjà propriétaire. Il ne fallait pas que je m'en aille ainsi, ayant seulement visité les cadavres à la mère Henrouille. Cela ne se pouvait pas ! Enfin, des manières...

[...]

Les rivières ne sont pas à leur aise dans le Midi. Elles souffrent qu'on dirait, elles sont toujours en train de sécher. Collines, soleil, pêcheurs, poissons, bateaux ; petits fossés, lavoirs, raisins, saules pleureurs, tout le monde en veut, tout en réclame. De l'eau on leur en demande beaucoup trop, alors il en reste pas beaucoup dans le lit du fleuve. On dirait par endroits un chemin mal inondé plutôt qu'une vraie rivière. Puisqu'on était venus pour le plaisir fallait se dépêcher d'en trouver. Aussitôt finies les frites, nous décidâmes qu'un petit tour en bateau, avant le déjeuner, ça nous distrairait, moi ramant bien entendu, et eux deux me faisant face, la main dans la main, Robinson et Madelon.

Nous voilà donc partis au fil des eaux, comme on dit, raclant le fond par-ci par-là, elle avec des petits cris, lui pas très rassuré non plus. Des mouches et encore des mouches. Des libellules qui surveillent la rivière avec leurs gros yeux partout et des menus coups de queue craintifs. Une chaleur étonnante, à faire fumer toutes les surfaces. On glisse dessus, depuis les longs remous plats là-bas jusqu'aux branches mortes... Au ras des rives brûlantes qu'on passe, à la recherche de bouffées d'ombre qu'on attrape comme on peut au revers de quelques arbres pas trop criblés par le soleil. Parler donne plus chaud encore si possible. On n'ose pas dire non plus qu'on est mal.

Voyage au bout de la nuit

DOMINIQUE AUTIÉ

Comme Pompéi regardait le Vésuve

Dominique Autié vit à Toulouse depuis 1979. Il a publié une dizaine d'ouvrages dont trois romans. Son essai, De la page à l'écran – Réflexions et stratégies devant l'évolution de l'écrit sur les nouveaux supports de l'information, *paru aux Éditions Élæis, Montréal (Canada), a reçu le Grand Prix 2001 de l'œuvre multimédia de la SGDL. Il propose ici l'un des récits les plus originaux et les plus profonds écrits sur la catastrophe AZF qui toucha Toulouse le 21 septembre 2001.*

C'était un jour de défilé avec gosses et cotillons, genre mardi gras. Sur les boulevards, le cortège était précédé des gyrophares de deux voitures pie. En queue, emboîtant le pas des derniers marcheurs, quatre arroseuses-balayeuses municipales de front et une brigade d'employés de la voirie, en surplis phosphorescents, qui rabattaient les confettis sous les brosses aspirantes à grands effets de balais. C'était au début des années 1990. Seuls les experts internationaux parlaient alors de mondialisation. Dans cette ville qui a inventé le Samu et tient de longue date un rang de pionnier en médecine de catastrophe, l'explosion du 21 septembre 2001 restera longtemps encore l'objet d'études, cas d'école. D'autant que les spécialistes de l'urgence s'y préparent et nous préviennent : des accidents collectifs seront de plus en plus fréquents à l'avenir.

Ici, l'événement est nommé par les trois lettres rouges qui paraphent une cheminée blanche. On la voit du cœur de la ville, en traversant le pont Neuf ou quand on marche le long du fleuve. Les Toulousains la regardent comme les survivants autour d'Herculanum et de Pompéi devaient considérer le Vésuve. La préfecture n'a pas tardé à faire savoir, au lendemain du drame, qu'elle s'abstiendrait d'attribuer aux véhicules du département l'immatriculation AZF, qui devait échoir en 2002. Ce fut l'une des rares allusions prophylactiques à un animisme dont nul ne savait trop bien où ni comment il pouvait faire son nid. Tout ce qui ne relevait pas des blessures physiques et des sinistres matériels fit l'objet d'une prise en charge au titre du stress post-traumatique. C'est dans ce cadre que la verbalisation singulière des victimes a été entendue, suscitée, recueillie. Elle a trouvé sa place en regard du texte officiel et du discours collectif des associations. Qui voudra, dans quelques années, procéder à l'archéologie de la catastrophe disposera de matière.

Pourtant, si les caméras et les micros s'éloignent, si l'on abandonne la collecte des témoignages au profit d'une attention flottante aux visages, aux postures, au commerce du tout-venant avec l'espace urbain, on ne peut qu'être frappé — et cela fut vrai dès les semaines qui suivirent — par la taciturnité (qui n'est pas la tristesse dépressive mais une réserve qui pèse ses mots) d'une ville plutôt réputée pour sa verve.

[...]

Libération du 24 janvier 2003

POÉTIQUE DE LA CITÉ DES VIOLETTES : DE GODOLIN À NOUGARO

CHRISTIAN LABORDE

Claude Nougaro

Claude Nougaro est l'incarnation de l'âme de Toulouse, né « au numéro 14 de l'avenue Arnaud-Bernard... », c'est-à-dire aux portes de Barcelone et à six cent quatre-vingt-un kilomètres de Paris. « Son frère de race mentale », l'écrivain Christian Laborde, lui a consacré un livre dans lequel il le considère successivement comme :

– Volque Tectosage, pêcheur et orfèvre;
– Romain vivant du commerce des vins;
– Chrétien martyrisé en l'an 250;
– Bâtard du roi wisigoth Athaulf, lequel fit de Toulouse la capitale de son royaume;
– Franc sous le sieur Clovis;
– Sarrasin en 721;
– Pèlerin et bâtisseur de cathédrale, comme l'atteste la basilique Saint-Sernin, riche de cinq nefs, neuf chapelles et cent soixante-quinze reliques dont six d'apôtres;
– Capitoul, c'est-à-dire élu d'une « République urbaine à l'italienne » en 1152;
– Parfait cathare brûlé vif à Montségur en 1244;
– Aviateur, homme de main de Pierre Latécoère;
– Réfugié espagnol;
– Portugais;
– Gréco-beur.

La Voix royale

CLAUDE NOUGARO

« Ô mon païs, ô Toulouse »

Comme l'écrivait Denis Tillinac, « Nougaro, c'est Toulouse ». Avec « Ô Toulouse » il est l'inventeur de son plus bel hymne. Tout le monde connaît la musique et le refrain. Aux obsèques du chanteur, en 2004, la chanson fut reprise en chœur par la foule en pleurs place du Capitole.

Qu'il est loin mon pays, qu'il est loin
Parfois au fond de moi se raniment
L'eau verte du canal du Midi
Et la brique rouge des Minimes

Ô mon païs, ô Toulouse, ô Toulouse

Je reprends l'avenue vers l'école
Mon cartable est bourré de coups de poing
Ici, si tu cognes, tu gagnes
Ici, même les mémés aiment la castagne

Ô mon païs, ô Toulouse

Un torrent de cailloux roule dans ton accent
Ta violence bouillonne jusque dans tes violettes
On se traite de con à peine qu'on se traite
Il y a de l'orage dans l'air et pourtant

L'église Saint-Sernin illumine le soir
D'une fleur de corail que le soleil arrose
Une fleur de corail que le soleil arrose
C'est peut-être pour ça malgré ton rouge et noir
C'est peut-être pour ça qu'on te dit Ville Rose

Je revois ton pavé, ô ma cité gasconne
Ton trottoir éventré sur les tuyaux du gaz
Est-ce l'Espagne en toi qui pousse un peu sa corne
Ou serait-ce dans tes tripes une bulle de jazz ?

Voici le Capitole, j'y arrête mes pas
Les ténors enrhumés tremblaient sous leurs ventouses
J'entends encore l'écho de la voix de papa
C'était en ce temps-là mon seul chanteur de blues

Aujourd'hui, tes buildings grimpent haut
À Blagnac, tes avions sont plus beaux
Si l'un me ramène sur cette ville
Pourrai-je encore y revoir ma pincée de tuiles

Ô mon païs, ô Toulouse, ô Toulouse

Toulouse
Paroles de Claude Nougaro
Musique de Claude Nougaro et Christian Chevallier

ÉMILE NOVIS *alias* SIMONE WEIL

« Le caractère épique du poème de Toulouse »

Dans Cahiers du Sud *(n° 373-374, 1943), Robert Laffont écrivait : « Oui, à mes yeux tout commence en 1943. J'avais alors vingt ans... Nous étions dans la nuit de la guerre qui nous menaçait sans cesse. Nous n'avons pas connu une autre période où les journées fussent tendues d'espoir de cette façon-là, autant que dépeuplées d'avenir. Nous parvenions très mal à faire place dans nos consciences à notre "cause" occitane qui pourtant ne pouvait nous lâcher... Nous en étions réduits au culte des foyers et des tombeaux, à une fête folklorique de bas étage, à une anodine célébration de vertus ancestrales, terriennes et bien pensantes. Il fallait tout remettre en place de notre vraie tradition, et ce fut le rôle de Simone Weil, qui signa Émile Novis deux articles dont le feu brûle toujours. L'évocation de la Croisade Albigeoise, en cette année d'une autre résistance, rétablissait l'ordre supérieur de la révolte de l'esprit. À travers les siècles, la dignité du pays d'oc resplendissait comme une étincelante blessure... Mais le volume parlait aussi de "l'homme méditerranéen"... Poser en 1943 l'Occitanie comme reliée à la Méditerranée, c'était mettre en lumière la fonction de relation de ce pays, ouvrir la recherche sur ses origines du côté de l'Islam autant que de l'Antiquité gréco-latine ».*

Le poète de Toulouse sent très vivement la valeur spirituelle de la civilisation attaquée ; il l'évoque continuellement ; mais il semble impuissant à l'exprimer, et emploie toujours les mêmes mots, Prix et Parage, parfois Parage et Merci. Ces mots, sans équivalents aujourd'hui, désignent des valeurs chevaleresques. Et pourtant c'est une cité, c'est Toulouse qui vit dans le poème, et elle y palpite tout entière, sans aucune distinction de classes. Le comte ne fait rien sans consulter toute la cité, « li cavalier el horgez e la cuminaltatz », et il ne lui donne pas d'ordres, il lui demande son appui ; cet appui, tous l'accordent, artisans, marchands, chevaliers, avec le même dévouement joyeux et complet. C'est un membre du Capitole qui harangue devant Muret l'armée opposée aux croisés ; et ce que ces artisans, ces marchands, ces citoyens d'une ville – on ne saurait leur appliquer le terme de bourgeois – voulaient sauver au prix de leur vie, c'était Joie et Parage, c'était une civilisation chevaleresque.

[...]

Dans la Toulouse du début du XIIIe siècle la vie sociale était sans doute souillée, comme partout et toujours. Mais du moins l'inspiration, faite uniquement d'esprit civique et d'obéissance, était pure. Chez ceux qui l'attaquèrent victorieusement, l'inspiration même était souillée.

Cahiers du Sud, 1943

ROBERT MESURET

« Où s'endort la brune Toulouse »

Dans son imposante somme au titre modeste, Évocation du vieux Toulouse, *Robert Mesuret dit, en son avant-propos, « se limiter à ce que les sens ont pu percevoir : sentir, toucher, goûter, entendre, et surtout voir ». Il livre ici une forme d'introduction polychrome d'une ville qui n'est pas seulement « rose » !*

Mon Diaman que tenc car
Vuelh de ma chanso pregar
Qu'a Tolosa la'm retraya

« Je veux prier mon diamant que j'aime tant de réciter ma chanson à Toulouse. » Ainsi Pierre Raymond *(Peire Ramon),* troubadour de notre ville, termine-t-il son *Amour médecin.* D'autres poètes ont depuis lors chanté Toulouse, particulièrement les romantiques et le plus inspiré d'entre eux, cet étrange Napoléon Peyrat, dont en 1833 le *Roland* précède de trente années *La Légende des siècles.* Le poète du Mas-d'Azil s'adresse à un ami parisien qui s'apprête à visiter les Pyrénées :

Vous allez donc partir, cher ami, vous allez
Fuir vers notre soleil, comme les vents ailés :
Déjà la berline jalouse
Frissonne sous le fouet, inquiète, en éveil,

Belle et fière d'aller bondir sous le soleil
Où s'endort la brune Toulouse.

Brune encore la verra Laurent Tailhade :

... Je suis Toulouse
Blanche et rose sous le flot noir de mes cheveux.

Et au féminin comme tous les poètes : Hugo avec *Toulouse la romaine,* Jalahert et la *Sœur de l'antique Athénée,* Rességuier avec sa *Toulouse guerrière à l'héroïque histoire,* Rostand et *la Toulouse riche aux minutes faciles.* Mais si les poètes l'ont aimée sous les traits d'une femme, les prosateurs semblent avoir préféré le masculin surtout dans l'acception réduite : le *Vieux Toulouse,* titre courant des chroniques publiées par Jules de Lahondès dans *L'Express du Midi,* est repris au génitif dans le titre de cet ouvrage, inséré dans une collection qui a déjà masculiné Marseille comme Avignon et Paris.

Les villes n'ont point de sexe et la nôtre unit la grâce à la force. Toulouse est une vivante qui plaît aux voyageurs par l'accueil de ses habitants comme par l'animation de ses rues. Et voici qu'à travers les siècles les voix de nos visiteurs s'unissent dans un concert de louanges.

Évocation du Vieux Toulouse

CHRISTIAN LABORDE

« La Garonne renoue avec la mémoire des torrents »

Chroniqueur au Figaro, *écrivain prolifique et provocateur, parolier de Nougaro, Christian Laborde est selon les propres mots du chanteur « un poète, c'est-à-dire un homme qui parle une langue de couleurs à délivrer les grands baisers de l'âme ». Il interpelle ici Toulouse dans l'un des derniers chapitres de son premier ouvrage* L'os de Dionysos *dont la première édition (chez Eché à Toulouse) fut interdite en 1987 par la Cour d'Appel de Pau pour « blasphème, lubricité, provocation... ». Il eut, par la suite, droit de cité et d'édition notamment aux éditions Régine Deforges en 1989.*

Je viens vers toi, Toulouse ! Ni tes épaisses murailles ni tes ponts-levis levés ne m'arrêteront. Je viens vers toi, escorté par la Lande du Bouc. J'enfoncerai mon fer dans ta viande. J'ai levé, cette nuit, une armée de crapauds et de buses. Elle s'est mise en route bien avant que la sonnerie des vacances ne retentisse dans la cour fermée du Collège.

Toulouse, je suis armé jusqu'aux dents. À mon flanc, dans son étui d'étoiles, brille le revolver de la nuit. Soulève le jupon de tes ponts, Toulouse, aujourd'hui je suis un guerrier, demain, je serai ton amant solaire...

[...]

Toulouse, je suis un écrivain, je remue le sang dans les

entrailles de l'aorte, je suis un agitateur néronien de viscères, je hais toute forme de coagulation...

Je viens épouser Laure, femme dont la langue poignarde les hosties, Breton dixit. Je viens vers elle. Nous mettrons le feu aux déclarations d'amour municipales, aux chroniques « Hyménée » des quotidiens. Toute la petite verberie crétine, noces d'argent, de platine et d'or, prendra le poing de l'amour sur la gueule. Nous boirons le plus ancien breuvage et le monde jusqu'à la lie. Âme nuque et ventre. Tu ne pourras résister longtemps à mes hordes de ronces, à mes régiments désordonnés de loups, Toulouse ! La Garonne, lassée de charrier tes eaux savonneuses, renoue avec la mémoire des torrents. Elle reprend ses droits. Gare Matabiau, les chauves-souris s'accrochent aux arêtes des trains, et les renards, bénéficiant de la complicité des caténaires, ont bloqué toutes les issues et se nourrissent allégrement de la chair fraîche des voyageurs...

Toulouse, je suis un agitateur néronien de viscères, je te rendrai à ta propre viande, je pendrai haut et court, à tes plus récents lampadaires, les suppôts de Descartes. Mes charges de plastic célestes auront raison de ta lèpre administrative...

Je parcourrai, la nuit, ton métro souterrain. Il est en construction. J'ai graissé la patte des pilotes de pelles mécaniques qui incisent quotidiennement ton macadam stupide. J'ai tous les plans. Je sais où porter les coups. Je couvrirai de graffiti obscènes, de giclées vitales, la brique apparente dont se pareront, j'en suis sûr, tes plus belles stations...

Toulouse, toi et moi, viande contre viande !

Le grand panneau « Toulouse Direct ». Dans vingt

minutes, je serai au Petit Marrakech. Avec Laure. Demain, je me lèverai de bonne heure, je quitterai sa chambre, sans bruit, pour ne pas troubler son sommeil. Je m'enfermerai dans mon bureau. Je noircirai ma page. J'écrirai, face au clocher de Saint-Sernin, dans la lumière du jour, au-dessus d'un million de toits roses.

L'os de Dionysos

KLEBER HAEDENS

« Le vent du sud écarte mes rideaux »

Auteur d'une Histoire de la littérature française, *considérée comme un ouvrage de référence, et d'un pamphlet incisif,* Paradoxe sur le roman, *ce journaliste, critique littéraire, collaborateur du* Nouveau Candide, *s'est éteint à Aureville près de Toulouse en 1976. Humaniste et bon vivant, amateur de bonne chair, de rugby et de corridas, il décrit dans* Adios *(Grand Prix du roman de l'Académie française) quelques-uns de ses moments toulousains.*

Adélaïde et Solange, l'une dans son tailleur kaki de style américain, l'autre dans sa robe d'organdi, semblaient multiplier aux quatre coins de la ville les apparitions du printemps. Elles remontaient les allées Tourny, traversaient la place Decazes, descendaient la rue Gambetta et rôdaient sous les arcades, apparaissant sur la passerelle du chemin de fer ou devant la tour du Prince Noir. Toute la ville devenait blanche et bleue dans le crépuscule et les collégiennes se fermaient soudain comme des belles de jour.

[...]

Lorsque, pour la première fois, je quittai Paris pour le Sud mes camarades de la rue Vavin et des bouchons du Faubourg Montmartre m'avaient représenté combien j'allais m'ennuyer en province. Je ne m'ennuie pas, même quand il n'arrive rien et quiconque refuse de céder aux routines parvient à mener n'importe où l'existence qu'il désire. Rien n'interdit de reproduire dans le quinzième arrondissement les rites de Mortembœuf ou de Saint-Sauveur-le-Vicomte. Qu'est-ce qui pourrait empêcher un garçon de province d'aller au théâtre, au cinéma, au concert, à l'opéra, au music-hall, au *striptease,* au stade, à la piscine, de danser et de boire des nuits entières, de se faire renverser par des autos de marques anglaises et de rencontrer autant de *call-girls* qu'un lord anglais ? Si tout cela se passe à Toulouse, on se retrouve au petit jour sur une place rose mitraillée par des chants d'oiseaux.

– Oui, mais vous vivez en pleine campagne.

– Plus près du Capitole que la rue Berzélius ne l'est de l'Opéra. La grande différence c'est que je m'endors sous les arbres, qu'au silence divin de la nuit succède celui du jour et que seul le vent du sud écarte mes rideaux.

Adios

Toulouse dans la chanson de la Croisade

C'est peut-être Raimond VII, le jeune comte, qui a passé commande au poète d'une grande geste. Ce poète, loin de l'éloge courtisan, brosse l'image et invente la mythologie du « héros national », du courage du guerrier, de la chance rayonnante au combat. Ci-après, un des moments patriotiques du poème : Raimond, après son père, entre dans Toulouse assiégée par Simon (juin 1218).

Et là, dans Toulouse, on est en grand souci
car les ennemis en armes sont de bien des côtés
et toute la chrétienté les menace et les frappe.
Mais le fils de la Vierge, pour leur signifier sa grâce,
leur envoya réconfort sous la forme d'un rameau d'olivier
et d'une étoile brillante ; l'astre du matin sur la montagne
Le vaillant jeune comte, la lumière et l'héritier,
entre par le portail avec la croix et l'acier.
Et Dieu lui fit le signe véridique d'un miracle
[annonçant] qu'il mettrait dans les chaînes le terrible lion ;
car du plus haut créneau de la tour du pont
que les Français avaient conquise tout d'abord,
la bannière tomba dans l'eau, et le lion sur le gravier,
ce dont tous les gens de la ville conçurent joie extrême.
Et ils allèrent recevoir le comte, les chevaliers

les barons, les bourgeois, le viguier,
les dames nobles et les bourgeoises, qui en avaient grand désir ;
Il ne resta une seule fille dans les salles ni dans les étages.
Le peuple de la ville, notables et gens de peu,
tous contemplent le comte comme fleur de rosier ;
de larmes de joie, de contentement, d'allégresse
sont pleins les places, les palais, les vergers.
Et rayonnant de joie, le comte descendit au monastère
de monseigneur Saint-Sernin, puissant et charitable
qui jamais n'accepta ni ne requit l'amitié des Français.
Les trompes, les trompettes, les cors, les cris de ralliement,
les cloches et carillons qui font trembler les clochers
résonnent dans la ville, sur l'eau et la grève.
En proie à cette joie ils sortirent cinq mille,
cependant qu'occupaient leurs positions sergents et écuyers,
et allèrent tout droit vers le rempart en courant et léger.
À pleine voix ils crient : « Ça Robin ! Ça Gautier !
À mort, à mort Français et pèlerins croisés !
nous avons doublé les points de l'échiquier,
car Dieu nous a rendu le chef et l'héritier,
ce vaillant jeune comte qui amène l'embrasement. »

In Philippe Gardy,
Histoire et anthologie
de la littérature occitane (tome II)

YVES ROUQUETTE

Le toulousain tel qu'on le parle

Poète occitan, romancier, essayiste, homme de théâtre, Yves Rouquette (1936-2005) a publié l'essentiel de la chanson occitane et a fondé le Centre international de documentation occitane, devenu « la » médiathèque spécialisée sur la langue d'oc.

Boudu con, c'est aujourd'hui ce qui surnage (avec le *con* qui sert de virgule de Narbonne à Agen) d'un immense naufrage qui, depuis l'époque où Jean Seguy écrivait son *Français parlé à Toulouse*, a emporté les *ray,* les *sas* et *sasque,* les *biétaze,* les *boudiu* et les *chès,* les *bai t'en bai,* et les *espère-toi* et les *attends-toi,* les *rapèlo-te* et les *rappelez-vous,* les *pense-toi,* les *moun dieu pecaire,* les *pauròl,* etc. qui ponctuaient alors toutes les conversations des gens de peu. Mon voisin scandait ses récits de chasse de *ba pla.* Son fils plus du tout. Il dit *bon* comme n'importe où en France. Le père ne parlait plus patois, mais l'avait dans l'oreille et pouvait dire une phrase, au besoin ou par plaisir. Le fils, non : il n'a plus l'usage des verbes, modes, temps et personnes, et il n'a plus en tête que 2 ou 3 p. 100 du vocabulaire usuel minimum de la langue d'oc.

[...]

Le mot accent lui-même était imprononçable, il y a trente ans, par un Toulousain de Toulouse s'il ne *s'était pas pris* des cours de *ditsion.* Il disait *atsent* et même *atsent circonflètse* avec un *r* qui lui faisait effleurer du bout de la langue les alvéoles de ses dents. J'ai écrit « imprononçable » : c'est *implononçaple* que j'aurais dû écrire. C'est ainsi qu'on disait, *notaples* et *plotétailes* confondus, dans les années 50 et dans tous les lieux *possiples* et *imaginaples* de la Toulousie.

[...]

Disons, pour simplifier beaucoup, qu'on y prononça le latin d'un coté à la ligure et de l'autre à l'ibérique, et qu'il en résulta un occitan « doux » du côté de la Provence et un occitan « rugueux » du côté de la Toulousie. Ainsi, par exemple, la langue d'oc de l'Ouest ne sait toujours pas dire *v*, prononce les *s* de pluriel et la plupart de ses consonnes finales, a perdu le *n* à la fin des mots, tandis que l'Est a fait tout le contraire. Ajoutons-y quelques différences dans la conjugaison et on comprendra qu'on se trouve en présence de deux parlers jumeaux, mais nettement individualisés.

[...]

On sort d'un match de rubgy – de mon temps *rubi* et jamais *rugebi,* contrairement à ce qu'a pu faire croire un comique singeant un paysan imaginaire – où *l'on s'est pris de braves bouffes* avec les *côtes toutes mâchées,* des *bugnes de partout,* mais la tête ne vous *bronzine* plus quand vous êtes sonné, pas plus qu'on n'a la *rate* en guise de point de côté.

[...]

Rien ne me plaît plus que d'entendre menacer : « E, o, con, tu vas casquer ; si tu me *cherches,* méfie-toi, tu vas te faire ascler la tronche, je vais t'enfler, tu vas charger la mule », etc. Et rien ne me plaît, surtout plus, que d'appeler ma femme *miette* (à la provençale, c'est-à-dire mon amie petite), *miou* (qui masculinise le concept) ou *frisou* comme on *lui disait* quand elle était *petitoune*. Quant à mes deux jolies belles-filles, je crois bien qu'elles vont se faire appeler *fillou* par moi tant qu'elles aimeront mes *pèques*.

« Histoires de parler », in *Toulouse*

GERMAIN DE LAFAILLE

Les discours en prose du poète Godolin

Toulouse, février 1624 : pendant la période du carnaval de fastueuses réjouissances sont organisées. Il s'agit de célébrer la paix retrouvée et de donner aux Toulousains le spectacle du pouvoir auquel ils sont soumis. Godolin (ou Goudelin) prit une part active, selon son habitude, à ces journées de liesse. Il intervint en particulier au cours des ballets représentés le lundi et le mardi gras, en récitant sur la scène des boniments destinés à présenter les différents « tableaux » du spectacle. Dans cette épistole, Germain de Lafaille raconte le carnaval à Toulouse et la place qu'y tint Godolin.

Il étoit encore dans sa jeunesse, lors feu Mr le Comte de Carmaing se retira de la Cour, pour venir faire son séjour en cette Ville, aux environs de laquelle il avoit la plus grande partie de ses terres, outre son Gouvernement de Foix. C'étoit un des plus accomplis seigneurs du Royaume : il avoit infiniment de l'esprit et beaucoup de sçavoir, joint à une extreme politesse : comme il aymoit passionnément les gens de lettres, sa maison étoit le rendés-vous de tous les sçavans spirituels : Goudelin étoit de ce nombre, et ce Comte l'honnoroit d'une particuliere amitié, qu'il luy conserva toute sa vie : j'ay oüy dire, que pendant sa prison à la Bastille, où il fut mis par le ministre de Mr le cardinal de Richelieu, il se divertissoit souvent à relire les vers de notre poëte, et à les expliquer à Mr de Bassompierre, qui y prenoit beaucoup de plaisir. Il fut aussi particulierement connu et aymé de Mr le Duc de Mommorency. Ce seigneur venoit passer souvent le carnaval à Toulouse : et comme sa cour étoit tres magnifique et ressembloit à celle d'un grand prince, entre les autres parties de plaisir l'on y dansoit souvent des balets d'une grande dépense et dont il me semble d'avoir lû des relations dans le *Mercure François.* Ce fut pour ces balets que Goudelin composa une partie de ces discours en Prose, qui sont imprimez avec ses poésies, sous le nom de prologues, qu'il recitoit en masque, selon l'usage de ce tems-là. J'ay oüy dire à ceux qui se souviennent de ces divertissemens que le rôle de Goudelin faisoit la plus grande partie du plaisir qu'on y prenoit : car il avoit une grace merveilleuse à tout ce qu'il disoit, et à tout ce qu'il faisoit, il en avoit même pour ainsi dire à ce qu'il ne faisoit pas.

« Lettre de Mr*** à un de ses amis de Paris », 1678
In Philippe Gardy,
Histoire et anthologie de la littérature occitane (tome I)

PIERRE GODOLIN

Tolus, petit-neveu de Noé, fonda Toulouse

Toulousain, Pierre Godolin impose sa voix poétique dès 1610, avec ses stances A l'hurouso memorio d'Henric le Gran. *Grand poème de célébration royale, manifeste en faveur du* moundi, *de la langue des Raymond, les anciens comtes de Toulouse. Manifeste pratique, dont la proclamation* A touts *ouvre, en 1617, le premier véritable livre de Godolin,* Le ramelet moundi (Le Bouquet toulousain). *Dans ce texte, comme dans les autres pièces du recueil de 1617, Pierre Godolin met en œuvre cet « amour de la langue » qui est à l'origine de ses choix linguistiques et littéraires et propose à ses compatriotes de sceller, en écriture et en conscience collective, une alliance féconde entre le parler des rues et des places publiques, l'occitan de Toulouse, et la plus haute littérature du passé et du présent européens.*

Nourri de Toulouse, il me plaît de maintenir son beau langage, capable de démêler toutes sortes de concepts ; et pour cela digne de se carrer sous un panache de prix et d'estime, On peut lui faire ce reproche que sur quelques mots il se lie et s'enchaîne au latin (Amour, Ciel, Terre, Mer). Mais de même fait le pur français, et l'italien et l'espagnol, qui se vantent de toucher le plus haut échelon de la perfection. Une telle parenté vient de l'école ou de la fréquentation des peuples entre eux. Voici pourtant des mots du pays qui vivent de leurs rentes (trempé, sot, coquet, creux, boiteux, brutal, vilain, agneau, râle, ronger, gazouillis, flairer, fièvre, parer, tinter, tremper le linge, crisser, enjoliver, atteler, à l'étourdie, éparpiller, en désordre, au hasard), et mille autres qui se sont déjà ajustés à notre petit passe-temps. La raison est leur antiquité : quand sur l'ordre de Dieu, les langues furent à l'enterrement de la témérité du géant Nemrod, qui dira que la nôtre n'ait pas été de la réunion? Selon l'opinion commune, Tolus, petit-neveu de Noé, fonda Toulouse. L'apparence est donc, en notre faveur, qu'il avait quelque langage particulier, parmi ceux qui avaient servi à la confusion de cette architecture qui devait de ses girouettes égratigner le Ciel et dépiter la crue de tout autre déluge. Cela soit dit en passant contre les moqueurs, en faveur de la langue mondine ou toulousaine, qui nous a fourni de ses fleurettes pour le Bouquet qui cherche qui par divertissement et de loisir le voudra voir d'un bon œil. Salut!

Ramelet moundi, Prumiero Floureto, 1617,
traduction de R. Lafont,
in *Clefs pour l'Occitanie*, Paris, Seghers, 1971

Au cœur de Toulouse, dans le jardin public de la place Wilson récemment réaménagé pour donner plus d'espace aux piétons, on peut voir une statue monumentale de Pierre Godolin. À ses pieds, se tient une muse attentive, vestale protectrice des vers qu'il continue d'écrire, symbolisés par l'eau qui jaillit d'une corne d'abondance et forme une petite cascade derrière la statue…

CLÉMENCE ISAURE

La cité des violettes

C'est la violette odorante qui, à partir du XIXe siècle, a fait la gloire de la ville. L'histoire veut que la fleur soit arrivée à Toulouse par l'intermédiaire d'un grenadier des guerres napoléoniennes qui ramena des violettes d'Italie pour sa fiancée. Mais la violette est liée à Toulouse depuis bien plus longtemps. Au XIVe siècle, une violette d'or récompensait le lauréat des Jeux Floraux, le poète ayant fait les plus beaux vers. L'églantine d'or et le souci d'or venaient après... Poétesse emblématique de Toulouse, Clémence Isaure en parlait déjà dans ses vers.

L'églantine est la fleur que j'aime
La violette est ma couleur
Dans le souci tu vois l'emblème
Des chagrins de mon triste cœur
Ces trois fleurs que ma bouche presse
Seront humides de mes pleurs
Qu'elles te rappellent sans cesse
Et nos amours et nos douleurs.

Cité par Robert Mesuret,
in *Évocation du Vieux Toulouse*

Personnage légendaire, Clémence Isaure aurait fondé ou restauré les Jeux Floraux de Toulouse au XIVe siècle. Son nom n'apparaît dans les textes qu'à la fin du XVe siècle comme l'un des qualificatifs de la Vierge (*Clemensa*) sous la protection de laquelle étaient placés les Jeux. À partir de là fut créé le personnage de Clémence Isaure (Isaure était le nom d'un comte de Toulouse mentionné dans une ballade en 1549). Pour accréditer cette légende, on transporta en 1557 au Capitole une statue de Clémence Isaure que l'on disait dater du XIVe siècle et qui se trouve actuellement à l'hôtel d'Assézat. La muse garde son mystère…

Bien réelle, l'Association des producteurs de violettes a été créée en 1986. Elle a décidé de sauver l'emblème de Toulouse, et de relancer sa commercialisation. Une variété porte même le nom latin : *viola parmensis tolosa.* Et chaque année, on fête la violette place du Capitole. Elle est défendue par la très active Confrérie de la violette. En février 1999, en accueillant le 5e Congrès mondial de la violette, Toulouse a aussi fait valoir ses serres municipales où plus de quatre-vingts variétés sont préservées au sein du Conservatoire national de la violette.

JOSÉ CABANIS

« Pourquoi vivre ailleurs ? »

« On a souvent comparé le lien de José Cabanis à Toulouse et celui de Mauriac à Bordeaux », dit Pierre Nouilhan, auquel on doit la conception et la réalisation de l'ouvrage publié à l'occasion de l'exposition « José Cabanis, une vie d'écrivain » organisée par la bibliothèque de Toulouse à la médiathèque José-Cabanis, du 5 avril au 1er juin 2005. Mauriac a quitté Bordeaux. Cabanis (1922-2000) ne s'est jamais séparé de Toulouse, ville « où il a trouvé les modèles de nombre de ses personnages romanesques, celle qu'il modifie au gré de sa création, rues et quartiers, celle aussi où il a été heureux ».

Né dans la maison où je vis encore, Toulouse en soixante ans ne pouvait que changer. Jadis, la campagne était tout près, chaque matin les voitures des laitiers arrivaient jusqu'au cœur de la ville. La campagne proche a disparu, et les laitiers, et le pas des chevaux dans les rues silencieuses. À vol d'oiseau aujourd'hui, les maisons de briques et les toits de tuiles sont cernés, prolongés à perte de vue, par de hauts bâtiments blancs à terrasses, des quartiers neufs où serpentent et s'éloignent des routes qui se recoupent en larges cercles, et qui n'existaient pas. Une ville nouvelle, bien de mon siècle, se développe et vit. Mais la fenêtre de ma classe, au Lycée, donnait sur une église abandonnée et profanée : on lui a rendu sa grâce et sa dignité, et c'est maintenant une des plus belles du monde. D'autres ont retrouvé, rajeunies, leurs briques roses, les fontaines qui de mémoire d'homme ne coulaient plus jaillissent en gerbe, il y a de nouveaux jardins et une grande place au dessin un peu fou là où de vieilles masures croulaient. Tout à côté on a planté des arbres, semé des pelouses et des fleurs sur une autre place, plus petite, devenue un havre de paix, à tenter les poètes et les peintres. Toulouse en grandissant ne s'est pas défigurée, et a su sauver son âme. Pourquoi vivre ailleurs ?

10 octobre 1982
In *Manuscrits* (coll. Pierre Nouilhan)
Avec l'aimable autorisation de Pierre Nouilhan

Dans un de ses journaux – *Petit entracte à la guerre,* 1980 – José Cabanis avoue que la place Esquirol, la rue des Filatiers, la rue Pharaon, la place des Carmes, la rue du Languedoc, la place Rouaix ont constitué pour lui des lieux de bonheur adolescent. Et de poursuivre : « Il y a une sorte de litanie des rues de Toulouse... J'ai cru discerner dans ces noms de rues, qui paraissent se succéder sans ordre ni raison, un peu de cette poésie à laquelle j'ai toujours été sensible dans les litanies de la Vierge. » José Cabanis fut élu à l'Académie française en 1990.

LA RÉPUBLIQUE DE TOULOUSE
DES CAPITOULS À OVALIE SUR GARONNE

PIERRE BARTHÈS

Pour les « appareilleuses… la Cage de fer »

Fidèle chroniqueur des faits divers de son temps, Pierre Barthès assiste le 8 juin 1749 au supplice dit de « la cage de fer » infligé à une « appareilleuse ou maquerelle publique ». Dès le XVe *siècle, cet instrument servait au supplice des blasphémateurs qui étaient plongés trois fois dans les eaux. Mais la cage servait rarement. En 1731 elle disparut ; les Capitouls firent refaire la « cage de fer » en bois. Dès le* XVIIe *siècle, ce supplice fut étendu aux entremetteuses. Elles en mouraient souvent.*

À trois heures du soir, on mit dans la cage accoutumée, sur la rivière, une appareilleuse, qu'on dit être de cette ville, à la place Saint-Georges. Elle fut arrêtée le Jeudi Saint pendant la nuit, et livrée aujourd'hui au bourreau, par arrêt de la cour confirmant la sentence des capitouls, la condamnant à faire amende honorable à Saint-Étienne, nue en chemise, le casque de plumes avec les sonnettes sur la tête, et un écriteau devant et derrière avec ces mots : *Maquerelle publique.* Cette exécution qui est une des plus risibles et en même temps très infamante pour la triste victime qui joue le principal rôle, attira une si grande quantité de monde pour sa nouveauté (ne s'en étant pas faite de pareille depuis quinze ans) qu'on fait compte qu'il sortit de la ville pour voir ce spectacle plus de dix mille personnes. L'opération fut très longue, vu l'embarras où se trouvait le bourreau avec son peu de monde ; ne pouvant en aucune façon faire jouer la bascule, qu'on avait montée à neuf ce jour-là, la cage ne pouvait ni s'élever ni s'enfoncer ; ce qui dura plus de trois heures, au grand ennui de tous les assistants et de la pauvre malheureuse, qui fut conduite toute trempée à l'hospice, où elle est condamnée à rester toute sa vie, et où elle est morte quatre jours après.

In Robert Mesuret,
Évocation du Vieux Toulouse

PIERRE DE FERMAT

Lettre à Blaise Pascal

*L'illustre savant, conseiller au Parlement de Toulouse depuis 1630, est l'auteur d'un célèbre théorème portant son patronyme et démontré seulement à la fin du XX*e *siècle. Il entretenait une correspondance avec tous les savants d'Europe, parmi lesquels Descartes, Gassendi, Mersenne et Pascal qu'il regrette de ne pouvoir rencontrer à Toulouse.*

Monsieur,

Nos coups fourrés continuent toujours et je suis aussi bien que vous dans l'admiration de quoi nos pensées s'ajustent si exactement qu'il semble qu'elles aient pris une même route et fait un même chemin. Vos derniers Traités du Triangle arithmétique et de son application en sont une preuve authentique : et si mon calcul ne me trompe votre onzième conséquence courait la poste de Paris à Toulouse, pendant que ma proposition des nombres figurés, qui en effet est la même, allait de Toulouse à Paris.

Je n'ai garde de faillir tandis que je rencontrerai de cette sorte, et je suis persuadé que le vrai moyen pour s'empêcher de faillir est celui de concourir avec vous. Mais, si j'en disais davantage, la chose tiendrait du compliment, et nous avons banni cet ennemi des conversations douces et aisées.

Ce serait maintenant à mon tour de vous débiter

quelqu'une de mes inventions numériques ; mais la fin du Parlement augmente mes occupations, et j'ose espérer de votre bonté que vous m'accorderez un répit juste et quasi nécessaire.

Cependant je répondrai à votre question des trois joueurs qui jouent en deux parties. *(Suit une discussion arithmétique.)*

Fermat

À Toulouse, le 29 août 1654.

Lettre à Pascal

Mort à Castres où il était commissaire en la chambre de l'Édit le 12 janvier 1665, le corps de Pierre Fermat fut transféré à Toulouse le 24 décembre 1675 dans l'église des Augustins où fut conservé son épitaphe. Seul fut publié de son vivant le *De linearum curvarum cum lineis rectis comparatione dissertatio geometrica* imprimé à Toulouse en 1660 sur les presses de Colomiès. L'un des meilleurs lycées de Toulouse porte son nom depuis 1957 (en lieu et place du « Lycée National »).

ANDRÉ MALRAUX

La libération du colonel Berger de la prison Saint-Michel

Emprisonné à Saint-Michel en 1944, André Malraux alias *colonel Berger (dans la Résistance) participe à sa propre libération en août 1944. Il donne de celle-ci un récit presque mythique...*

Je compris. Les moutons ne pouvaient guère dénoncer que d'improbables préparatifs d'évasion, ou des rodomontades. Saint-Michel était un lieu de passage. Le doyen s'y trouvait depuis trois mois. Chaque mois, un convoi partait pour l'Allemagne. D'où une atmosphère de gare inquiétante, de loterie et de forteresse, non de camp. On ne nous contraignait à aucun travail. Les gardiens étaient des troufions, indifférents malgré leur besoin de hurler. Ils ne nous « cherchent » pas, disait André. Ils n'ignoraient pas les transmissions, car chaque chambrée captait les bobards comme un récepteur de T.S.F. capte les ondes. Même à Fresnes, elles n'ont jamais cessé. Mais rien n'avait d'importance, pourvu que la livraison fût complète, qu'il ne manquât pas de prisonniers. Être envoyés en Allemagne, pour nous, c'était seulement risquer d'être délivrés beaucoup plus tard. Mais à six heures, nous entendions marcher dans le couloir deux soldats et un fonctionnaire. Ils ouvraient le plus souvent une porte, deux portes, emmenaient un ou deux prisonniers.

[...]

De telles histoires composaient le folklore de Saint-Michel. Avant mon arrivée, un officier avait fait le tour de la prison, demandant à chacun son nom, pour un contrôle sans doute. Les prisonniers étaient debout, sauf le torturé, qui ne pouvait se lever. À son tour, il dit son nom. L'officier consulta sa liste, dit : « Ter-rô-riste ». Le voisin que les prisonniers appelaient depuis le Professeur (parti pour l'Allemagne) avança d'un pas, leva un index philologique, dit respectueusement : « Pas terroriste : *tou*-riste » et reprit sa place. L'officier continua son contrôle, et, au moment de sortir, jeta un regard circulaire et cria avec un mépris indigné : « Tous, touristes ! »

[...]

Et tout à coup nous nous regardâmes, tous gestes suspendus : dans la cour de la prison, des voix de femmes hurlaient *La Marseillaise*. Ce n'était pas le chant solennel des prisonnières au moment du départ pour le camp d'extermination, c'était le hurlement que l'on entendit peut-être quand les femmes de Paris marchèrent sur Versailles. Sans aucun doute, les Allemands étaient partis. Avaient-elles trouvé quelques clefs ? Des hommes couraient dans le couloir, en criant : « Sortez, sortez ! » Au rez-de-chaussée, un colossal gong de bois sonna longuement, se prolongea en tam-tam. Nous avions compris. Dans chaque chambrée, il n'y a qu'un meuble : la table. C'est celle des vieilles prisons, du second Empire peut-être, épaisse et lourde. Nous empoignâmes la nôtre, tous à la fois, la plaçâmes debout en face de la porte, reculâmes jusqu'aux fenêtres. André compta :

« Une, deux, trois ! » Un formidable coup de cloche ébranla la chambrée. La porte sembla se tendre comme un bois d'arc, bien que nos efforts fussent mal conjugués. Du plâtre tomba ; André en ramassa un morceau.

[...]

Toute la prison résonnait. Au-dessus du tam-tam de la mort (les Allemands pouvaient revenir) *La Marseillaise* retrouvait ses cris prophétiques : le jour de gloire, c'était cette libération, la tyrannie, on la connaissait, « entendez-vous dans nos campagnes » les chars qui se rapprochaient peut-être, « Aux armes ! » semblaient lancer les béliers. Dans les cellules, des *Marseillaise* éparses avortaient : on ne pilonne pas une porte sur le rythme d'un chant. Mais les béliers, dont le battement semblait précipité par leur nombre, accompagnaient comme une charge de gigantesques tambours souterrains le hurlement qui passait. Au cinquième coup, notre porte éclata.

Antimémoires in *Œuvres complètes,*
Bibliothèque de la Pléiade

Le 16 septembre 1944, Jean Dieuzaide, photographe de notoriété internationale, fondateur en 1974 de la première galerie municipale en France entièrement consacrée à la photographie, réalise deux images du général de Gaulle : l'une d'entre elles sera l'un des premiers portraits officiels du chef de la France libre.

MATHURIN MAUGARLONNE

Vladimir Jankélévitch : cours magistral au café

À travers les portraits de ses maîtres ou amis, Mathurin Maugarlonne, alias *François George, brosse celui d'une époque et d'une génération. De Jankélévitch à Aron, Sartre, Debord, Cioran, Ionesco, Lupin... Ici, il rappelle ce que fut la vie du philosophe Jankélévitch après que le droit antisémite de Vichy l'eut exclu de sa chaire à la Faculté des lettres de Toulouse.*

Il avait commencé par refuser avec hauteur l'aryanisation qu'on lui proposait, je ne l'ai su que très tard par Pierre Grappin qui m'a montré cette réponse : « Je ne saurais avoir l'intention de me faire pardonner ce qui d'aucune manière ne peut m'être reproché. » Position qui fait écho à celle de Marc Bloch déclarant : je ne me reconnais pas dans la tradition, et pourtant j'affirmerai s'il le faut face à la mort que je suis né juif et n'ai jamais songé à m'en défendre. On lui propose de passer en Amérique, il refuse. Il restera, comme il me dit, au fond du bocal, réfugié à Toulouse, protégeant ses parents, vivotant de leçons de grammaire (« j'entends assez bien le français pour un métèque »). Je ne me lasserai pas de reproduire le témoignage de Jean-Pierre Renouard, jeune Résistant qui allait être déporté (j'ai l'honneur de l'avoir aidé à éditer son témoignage, *Un costume rayé d'enfer*), auditeur du philosophe dans une arrière-salle de café protégé par des maquisards vigilants, et où l'on faisait circuler à la fin une soucoupe. Vie assurément plus exaltante que celle de ceux qui au même moment préparaient leur thèse. Il est vrai qu'il me fit un aveu choquant, il faut que je sois moi pour ne pas lui en vouloir : il a tremblé pendant quatre ans.

À la rencontre des disparus

> Dans son *Histoire personnelle de la France,* François George (« occitan par ma mère », écrit-il) souligne que « Toulouse a l'air d'une Rome ratée. De Rome elle a le côté provincial ». Amer il ajoute : « Tout a changé au pont des Demoiselles et les maisonnettes de la rue Pradal me paraissent minuscules. L'Hers, le canal du Midi, le jardin zoologique n'ont rien à me dire... »

GASTON MONNERVILLE

« Toulouse, capitale incontestée de la pensée radicale »

Premier homme de couleur dans l'histoire de la République à avoir présidé une assemblée délibérative – le Conseil de la République, puis le Sénat, de 1947 à 1968 –, Gaston Monnerville, après avoir fréquenté le lycée Bernuy de Toulouse et réussi brillamment ses études de droit et de lettres, prête serment le 2 décembre 1918 devant le barreau de Toulouse et devient deuxième secrétaire de la conférence des avocats. Formé à la politique pendant ses études, républicain de cœur et de conviction, franc-maçon, inscrit au Parti radical en 1922, il livre ici, en guise de mémoires, une description de Toulouse, capitale du radicalisme du Sud-Ouest.

Tant que je fus à Toulouse, l'adhésion à un parti ne me vint pas à l'idée. Dans cette ville, alors « capitale » incontestée de la pensée radicale, je baignais dans le radicalisme. Celui-ci était quotidiennement exprimé par le plus important journal d'opinion, *La Dépêche de Toulouse*, dont l'audience couvrait presque toute la France.

[...]

La Dépêche de Toulouse – dont la succession est très efficacement assurée par l'actuelle *Dépêche du Midi* – était vraiment l'expression de la République radicale, autrement dit de la Troisième République elle-même.

Je vous ai dit l'attention que nous portions à l'action

de Jean Jaurès, alors chef du socialisme en France, et aux joutes oratoires qui l'avaient opposé à Clemenceau. Nous prenions intérêt aussi à la formation des nouveaux hommes politiques de la région, tel Vincent Auriol, alors avocat à Toulouse et disciple de Jean Jaurès. Toulouse a vécu au milieu d'un intense bouillonnement culturel, artistique et politique, dès la fin des hostilités. Les jeunes que nous étions furent passionnés par la campagne législative de 1919, celle qui donna naissance à la fameuse Chambre « bleu horizon ». Plus d'un ancien élève du lycée Bernuy – dont j'étais – ont été soutenir dans sa campagne électorale leur ancien professeur Hippolyte Ducos, brillant « poilu » de « la Grande Guerre » aux multiples citations et décorations militaires. Il est mort, il y a peu d'années, à quatre-vingt-dix ans, doyen de l'Assemblée nationale.

Témoignage : de la France équinoxiale
au Palais du Luxembourg

Après Jean Baylet et Évelyne-Jean Baylet, qui tint de main de maître le Conseil général du Tarn-et-Garonne et le journal *La Dépêche du Midi*, c'est aujourd'hui Jean-Michel Baylet, sénateur du Tarn-et-Garonne et président de l'Assemblée départementale, qui assume la présidence du groupe « La Dépêche du Midi ». Ancien ministre, il dirige le « Mouvement des radicaux de gauche », parti né de la scission d'avec le Parti radical en 1973.

VALÉRY GISCARD D'ESTAING

L'hommage des peupliers

Le 17 novembre 1979, VGE présente à Mazamet le plan Grand Sud-Ouest destiné à aider les régions Aquitaine, Midi-Pyrénées et Languedoc-Roussillon. C'est l'un des rares discours où il se laisse aller à une prose poétique sur le terroir concerné. Dans le deuxième texte écrit dans ses Mémoires, il rappelle pourquoi le geste qu'il retiendra de son septennat eut lieu en quittant Toulouse sur les bords du canal du Midi.

De l'autre côté du canal du Midi, parmi les maisons qui se faisaient moins denses, j'ai aperçu un homme qui marchait. Il était vêtu d'un manteau gris et d'une casquette, comme les choisissent ceux qui, après avoir porté des vêtements de travail, viennent prendre leur retraite. La conversation du préfet poursuivait son murmure. L'homme s'est retourné, a aperçu la voiture et son fanion, et a lentement soulevé sa casquette. Je voyais ses cheveux gris. Son geste n'était pas destiné à moi ; j'étais trop loin pour qu'il pense que je puisse l'apercevoir. C'était un geste qui venait de sa politesse instinctive, et qui traduisait un rapport perçu par lui seul, dans le poudroiement du matin. Je l'ai regardé jusqu'à ce que le mur d'une maison vienne effacer sa silhouette. Qui était-il ? Où vit-il ? Et vit-il encore ? Si j'avais un geste à choisir, c'est celui dont je me souviendrais pour tout ce septennat. Salut l'ami.

[...]

Je souhaite que ces dix ans permettent d'aboutir à un succès. Et je souhaite qu'ensuite les économistes et les analystes des autres pays du monde, à San Francisco, à Brasilia ou à Tôkyô, cherchent des explications à l'impressionnant succès que vous aurez obtenu dans le piémont pyrénéen. Mais ils ignoreront l'essentiel, que nous connaissons bien, et qui fait pour vous la personnalité du Grand Sud-Ouest : la lumière à travers la forêt landaise, les bonds de l'isard sur les pentes des Pyrénées, les peupliers que nous avons vus tout à l'heure, du haut des hélicoptères, à l'automne, faire du canal du Midi l'hommage de leurs feuilles d'or, le soleil paisible des soirées de vendanges, la camaraderie virile sur le stade du ballon ovale, les soirées entre camarades et entre amis, entre vous tous, où l'on échange les histoires, jeunes et vieilles, de son pays, les projets et les souvenirs. Pour tout dire l'amour du pays et la volonté de le faire gagner. Allez, le Grand Sud-Ouest !

Le Pouvoir et la vie
Éd. Compagnie 12, 1990-1991
In *Discours présidentiels*,
La Documentation française, 1980

D'autres présidents marquèrent Toulouse : Vincent Auriol, avocat au barreau de Toulouse (il donna d'ailleurs des cours de droit et des consultations juridiques gratuites à la Bourse du travail de la ville ; il fut condamné en 1909 à cinquante francs d'amende pour diffamation envers la municipalité radicale de Toulouse), fut ministre des Finances dans le premier gouvernement du Front populaire et président de la République le 16 janvier 1947.

Gaston Doumergue, président en 1924, rappelé à la présidence du Conseil après l'émeute du 6 février 1934, y gagna l'appellation emblématique de « sage de Tournefeuille », commune jouxtant Toulouse où il avait élu résidence au domicile de sa deuxième épouse. François Mitterrand, lui, tint systématiquement ses derniers meetings de campagne présidentielle dans la ville rose.

MONSEIGNEUR SALIÈGE

Menus propos sur Toulouse et le sourire toulousain

Cités par Jean Guitton dans la biographie qu'il consacra au cardinal Saliège, ces menus propos illustrent la finesse d'observation et de jugement de celui qui « ne parlait pas en prose, n'était pas attique... qui ne savait pas, ne pouvait pas savoir comment on commande à Toulouse ».

Toulouse, une ville charmante.

Les Toulousains sont à l'image de la ville.

Toulouse n'est pas une ville industrielle. Elle est trop éloignée des matières premières. C'est plutôt une ville commerçante.

Ce qui caractérise actuellement Toulouse, c'est d'être une ville intellectuelle. Son Université est la seconde université de France par le nombre des étudiants qu'elle attire.

Elle est la cité des beaux-arts, des sciences, de la littérature et aussi de la poésie.

Tout Toulousain fait de la politique naturellement. Dès sa naissance il en connaît tous les secrets, toutes les combinaisons.

Toulouse est aussi la cité du droit. L'Université de Paris est friande des professeurs qu'elle a formés.

Elle a des académies, et même l'académie la plus ancienne de France, l'Académie des Jeux Floraux.

Elle a des salles de conférences toujours occupées par un auditoire avide.

Le Midi compte beaucoup de gens intelligents. Toulouse est, et demeure, la capitale intellectuelle du Midi. À moins de bouleversement imprévisible, elle le restera longtemps.

À quoi cela tient-il ?

Au climat, à l'éducation, à la race ; le Toulousain est très aimable. Il y a un mot qui lui est familier et qu'il dit à quiconque demande un renseignement ou un service : « Avec plaisir. »

Les plus beaux monuments de Toulouse sont d'origine religieuse. On ne vient pas à Toulouse sans visiter la basilique Saint-Sernin, la cathédrale Saint-Étienne, l'église des Jacobins, le musée des Augustins et même l'hôtel de la Préfecture qui est l'ancien Archevêché.

À Toulouse, comme dans beaucoup d'autres villes, si on enlevait les monuments que la Révolution a pris à l'Église, il ne resterait, en dehors du Capitole et de quelques hôtels, rien de remarquable, sauf la Garonne et l'accent.

Le Toulousain confond facilement la religion et la politique. Nombre de catholiques enracinés dans le passé ont l'air de tenir plus à un parti politique qu'à la religion.

Particularité de Toulouse : À Toulouse, le rouge est rose. Il ne m'a pas été difficile de devenir Toulousain.

(*Avril 1956*)

Le sourire du Toulousain authentique, non du Toulousain d'occasion, est très expressif.

Il signifie :

Tantôt l'étonnement : oh ! oh !

Tantôt la pitié : pauvre ami !

Tantôt l'ironie : ce n'est pas possible ! Tantôt la joie : je suis content de te voir. Tantôt la tristesse : je prends part à ta peine. Tantôt la colère simulée : tu m'en as fait une ! Tantôt une inquiétude : ça ne va pas ? Tantôt un espoir : au printemps, ça ira mieux.

Tantôt une consolation : les médecins se trompent souvent. On n'en finirait pas avec le sourire toulousain !

Le sourire fait passer toutes les amertumes.

Le sourire toulousain sucre le café.

Tout parle dans le Toulousain : le sourire, les gestes, l'attitude.

Le Toulousain est une parole vivante.

(*Octobre 1956*)

In Jean Guitton, *Le Cardinal Saliège*

MONSEIGNEUR SALIÈGE

L'archevêque et la Résistance

En 1942, il y avait dans le diocèse de Toulouse, à Récébédou et à Clairfont, un camp d'internement de Juifs et d'Allemands antinazis. Trois convois de déportation en partirent au mois d'août. Averti des conditions dans lesquelles avaient eu lieu ces déportations par Mlle Dauty, professeur à Gaillac, Monseigneur Saliège (1929-1956), archevêque de Toulouse, prit sa plume et écrivit le texte suivant :

Mes très chers frères,

Il y a une morale chrétienne. Il y a une morale humaine qui impose des devoirs et reconnaît des droits. Ces devoirs et ces droits tiennent à la nature de l'homme. Ils viennent de Dieu. On peut les violer. Il n'est au pouvoir d'aucun mortel de les supprimer.

Que des enfants, des femmes, des hommes, des pères et des mères soient traités comme un vil troupeau ; que les membres d'une même famille soient séparés les uns des autres et embarqués pour une destination inconnue, il était réservé à notre temps de voir ce triste spectacle.

Pourquoi le droit d'asile dans nos églises n'existe-t-il plus ?

Pourquoi sommes-nous des vaincus ?

Seigneur, ayez pitié de nous !

Notre-Dame, priez pour la France.

Dans notre diocèse des scènes d'épouvante ont eu lieu dans les camps de Noë et de Récébédou. Les juifs sont des hommes, les étrangères sont des femmes. Tout n'est pas permis contre eux, contre ces hommes, contre ces femmes, contre ces pères et mères de famille. Ils font partie du genre humain. Ils sont nos frères comme tant d'autres. Un chrétien ne peut l'oublier.

France, patrie bien-aimée, France qui portes dans la conscience de tous tes enfants la tradition du respect de la personne humaine ; France, chevaleresque et généreuse, je n'en doute pas, tu n'es pas responsable de ces horreurs.

Recevez, mes chers frères, l'assurance de mon affectueux dévouement.

À lire dimanche prochain, sans commentaire.

(23 août 1942)

In Jean Guitton, *Le Cardinal Saliège*

Cette lettre ronéotypée sur une rotative prêtée par les militants de la JAC fut remise directement entre les mains des curés qui étaient une centaine à la retraite pastorale. Dès que la Préfecture en eut connaissance elle adressa ce télégramme à tous les maires : « Prière vous mettre immédiatement en rapport avec le curé desservant votre commune et lui signifier volonté du gouvernement de ne pas laisser procéder à la lecture de la lettre épiscopale. » « La radio anglaise diffusa ce texte qui fut connu de l'univers », écrit Jean Guitton. Mgr Saliège devint une des hautes figures de Toulouse, « le symbole de l'idée de Résistance dans ce qu'elle a de plus noble et de plus pur » au point de conduire le commissaire de la République des temps de

Libération à dire : « À gauche, il y a les communistes. À l'extrême gauche, il y a Mgr Saliège. »
Pour son soutien à la résistance, l'archevêque de Toulouse manqua d'être déporté. Le 9 juin 1944, deux hommes de la Gestapo se présentèrent à son domicile pour l'arrêter. Devant l'âge et l'état de santé précaire de l'homme d'église, ils y renoncèrent finalement. Après la Libération, considéré comme le premier Résistant de la ville, il fut acclamé par 20 000 personnes sur la place du Capitole. Le 18 février 1946, il reçut la Croix de la Libération en même temps que ses insignes de cardinal.
Lors de ses obsèques – il est mort le 4 novembre 1956 – « le peuple de Toulouse était dans la rue », écrit Jean Guitton. « Une foule qu'on évalue à cent mille personnes se tassait le long des trottoirs en plusieurs rangs. Les magasins avaient fermé leurs portes. »

VOLTAIRE

L'affaire Calas

Trois semaines après l'exécution de Rochette (le 19 février 1762) – « le tout, écrivait Voltaire, pour avoir chanté des chansons de David ; le Parlement de Toulouse n'aime pas les mauvais vers » –, la nouvelle du supplice de Jean Calas survint à Ferney. Dans un premier temps, Voltaire réagit avec désinvolture : « Un bon huguenot roué à Toulouse pour avoir étranglé son fils », écrit-il. Le 4 avril, Voltaire écrivait à d'Alembert : « Mes chers frères, il est avéré que les juges toulousains ont roué le plus innocent des hommes. Jamais depuis la Saint-Barthélemy, rien n'a tant déshonoré la nature humaine. » « Au moment où il intensifie sa lutte contre l'infâme, c'est pour Voltaire une affaire introuvable », souligne opportunément Jacques Van den Heuvel. Extraits du premier chapitre du Traité sur la tolérance à l'occasion de la mort de Jean Calas.

Pendant qu'ils s'acquittaient de ce devoir, pendant que le père et la mère étaient dans les sanglots et dans les larmes, le peuple de Toulouse s'attroupa autour de la maison. Ce peuple est superstitieux et emporté ; il regarde comme des monstres ses frères qui ne sont pas de la même religion que lui. C'est à Toulouse qu'on remercia Dieu solennellement de la mort de Henri III, et qu'on fit serment d'égorger le premier qui parlerait de reconnaître le grand, le bon Henri IV. Cette ville solennise encore tous les ans, par une procession et par des feux de joie, le jour où elle massacra quatre mille citoyens hérétiques, il y a deux siècles. En vain six arrêts du conseil ont défendu cette odieuse fête, les Toulousains l'ont toujours célébrée comme les jeux floraux.

[...]

Il y a, dans le Languedoc, quatre confréries de pénitents, la blanche, la bleue, la grise, et la noire. Les confrères portent un long capuce, avec un masque de drap percé de deux trous pour laisser la vue libre : ils ont voulu engager M. le duc de Fitz-James, commandant de la province, à entrer dans leur corps, et il les a refusés. Les confrères blancs firent à Marc-Antoine Calas un service solennel, comme à un martyr. Jamais aucune Église ne célébra la fête d'un martyr véritable avec plus de pompe; mais cette pompe fut terrible. On avait élevé au-dessus d'un magnifique catafalque un squelette qu'on faisait mouvoir, et qui représentait Marc-Antoine Calas, tenant d'une main une palme, et de l'autre la plume dont il devait signer l'abjuration de l'hérésie, et qui écrivait en effet l'arrêt de mort de son père.

[...]

Ce qui surtout prépara son supplice, ce fut l'approche de cette fête singulière que les Toulousains célèbrent tous les ans en mémoire d'un massacre de quatre mille huguenots; l'année 1762 était l'année séculaire. On dressait dans la ville l'appareil de cette solennité : cela même allumait encore l'imagination échauffée du peuple; on disait publiquement que l'échafaud sur lequel on rouerait les Calas serait le plus grand ornement de la fête; on disait que la Providence amenait elle-même ces victimes pour être sacrifiées à notre sainte religion. Vingt personnes ont entendu ce discours, et de plus violents encore. Et c'est de nos jours ! et c'est dans un temps où la philosophie a fait tant de progrès ! et c'est lorsque cent académies écrivent pour inspirer la douceur des mœurs ! Il semble que le fanatisme, indigné depuis peu des succès de la raison, se débatte sous elle avec plus de rage.

Traité sur la tolérance à l'occasion
de la mort de Jean Calas

RENÉ DE CHATEAUBRIAND

M. de Villèle, maire de Toulouse

Après Nîmes, Montpellier et Narbonne où il « rencontre » le canal des Deux-Mers, Chateaubriand arrive à Toulouse. Il a connu le maire de la ville, M. de Villèle, quelque vingt ans plus tôt, en 1820. À son propos, il écrivait : « On ne se doute guère que c'est moi qui ai fait le premier Ministère de M. de Villèle et qui ai poussé le Maire de Toulouse dans la carrière. »

Il y a deux manières de devenir ministre : l'une brusquement et par force, l'autre par longueur de temps et par adresse ; la première n'était point à l'usage de M. de Villèle : le cauteleux exclut l'énergique, mais il est plus sûr et moins exposé à perdre la place qu'il a gagnée. L'essentiel dans cette manière d'arriver est d'agréer maints soufflets et de savoir avaler une quantité de couleuvres : M. de Talleyrand faisait grand usage de ce régime des ambitions de seconde espèce. En général, on parvient aux affaires par ce que l'on a de médiocre, et l'on y reste par ce que l'on a de supérieur. Cette réunion d'éléments antagonistes est la chose la plus ratée, et c'est pour cela qu'il y a si peu d'hommes d'État.

M. de Villèle avait précisément le terre à terre des qualités par lesquelles le chemin lui était ouvert : il laissait faire du bruit autour de lui, pour recueillir le fruit de l'épouvante qui s'emparait de la cour. Parfois il prononçait des discours belliqueux, mais où quelques phrases laissaient luire l'espérance d'une nature abordable. Je pensais qu'un homme de son espèce devait commencer par entrer dans les affaires, n'importe comment, et dans une place non trop effrayante. Il me semblait qu'il lui fallait être d'abord ministre sans portefeuille, afin d'obtenir un jour la présidence même du ministère. Cela lui donnerait un renom de modération, il serait vêtu parfaitement à son air ; il deviendrait évident que le chef parlementaire de l'opposition royaliste n'était pas un ambitieux, puisqu'il consentait pour le bien de la paix à se faire si petit. Tout homme qui a été ministre, n'importe à quel titre, le redevient : un premier ministère est l'échelon du second ; il reste sur l'individu qui a porté l'habit brodé une odeur de portefeuille qui le fait retrouver tôt ou tard par les bureaux.

Mémoires d'Outre-Tombe

Chateaubriand n'est pas tendre avec Villèle (1773-1854), qui sera nommé maire de Toulouse le 23 juillet 1845. Les deux hommes se connaissent de longue date. En effet, en 1824, Chateaubriand, alors en charge du portefeuille des Affaires étrangères, n'ayant pu s'accorder avec Villèle, s'était vu brutalement congédié (5 juin 1824) par ce dernier. Il était aussitôt rentré dans l'opposition, pour s'unir au parti libéral, et il combattit à outrance le ministère Villèle, soit à la Chambre des pairs, soit dans le *Journal des débats*. Ce n'est qu'après la chute de Villèle qu'il fut nommé ambassadeur à Rome (1828).

ROBERT MESURET

Les débordements de Garonne

Débordements (inondations) du fleuve Garonne (l'absence d'article défini est l'illustration d'une marque affective des pêcheurs mais aussi de la population qui vit de part et d'autre de ses rives) suscitent cet historique.

Sur les ponts et sur les rives, écoutons les prières des Toulousains qui viennent supplier « Celui qui met un frein à la fureur des flots » d'épargner leurs maisons, leurs ateliers, leurs églises. « Le cinquième d'avril [1524] la Garonne se déborda de telle sorte qu'elle inonda le bourg de Saint-Cyprien ; ce qui fut cause de la chute de plusieurs édifices. La plus grande partie des maisons de l'île de Tounis, et tout le Pont Vieux en furent emportés. On porta en procession le saint sacrement sur cet autre pont qui allait de la Daurade à l'hôpital Saint-Jacques... Le saint sacrement n'eut pas plutôt paru sur ce pont, poursuit Lafaille, que le débordement s'apaisa, la rivière étant rentrée dans son lit sans en plus sortir, bien qu'il ne cessât de pleuvoir durant trente jours. » Le 17 septembre 1772 seront exaucées les mêmes prières. « À midi, écrit Barthès, l'eau augmentait toujours, malgré les processions et les prières de toutes les communautés de la ville qui se rendirent sur le pont, implorant la miséricorde divine pour la cessation de ce fléau. À cette même heure on vit l'eau passer par la troisième lune du pont, et bientôt après dans la quatrième, charriant avec elle une grande quantité de bois à bâtir et à brûler, de meubles, de barriques, de barques entières, même couvertes, qui venant à heurter de front les piles du pont faisaient craindre un malheur... »

Mais l'inondation la plus redoutable devait se produire en 1875. Le dessinateur Henri Maigrot, dit Henriot, qui demeurait rue des Renforts, a pu l'observer du toit de sa maison : « Le fleuve avait encerclé le faubourg Saint-Cyprien et les malheureux habitants, réfugiés sur leurs toits, voyaient avec épouvante l'eau monter et monter toujours. Et du belvédère de la maison de la rue des Renforts que j'habitais alors, je voyais de pauvres bicoques peu à peu submergées, s'écrouler soudain, entraînant avec elles de malheureux habitants. L'eau charriait des débris de toutes sortes, des poutres et des gerbes de blé, des cadavres d'animaux : et l'eau fangeuse roulait impétueusement; je la vis emporter le pont suspendu qui reliait le port Garaud à Saint-Cyprien, puis les péniches amarrées quai de Tounis et, enfin, l'école de natation du sieur Cazanous. » De cette catastrophe l'imagerie décadente va former ces tableaux d'épouvante dont le peuple est toujours friand et les pièces imprimées à Épinal chez Olivier-Pinot ou à Paris chez la veuve Gosselin annoncent les scènes de drame du *Petit Journal illustré*. Le gouvernement de l'Ordre Moral utilisera l'inondation comme un sujet de propagande. [...]

Le Ramier du Château pourrait illustrer notre propos. Entre la Garonne et le petit bras du Port-Garaud, cette île enchantée était naguère le Parc toulousain, où Émile Pouvillon vantait « la beauté des arbres, le charme des eaux courantes, la fraîcheur des prairies... La nature y offre tout le pittoresque qu'on a dû créer ailleurs artificiellement et à grands frais : le contraste des deux bras de la Garonne qui l'entourent, l'un torrentueux et rapide, l'autre étalé en large nappe..., d'un côté la ligne noble des coteaux de Pech-David, qui ferme l'horizon volume une vision de rêve, la silhouette bleue ou blanche des Pyrénées, apparues à travers le rideau tremblant des feuillées... » Et nous avons aimé comme lui « ces admirables colonnades de carolins qui donnent au Ramier la noblesse d'un bois sacré, l'architecture d'un temple ». En 1907 y fut inauguré le théâtre de plein air du Ramier du Château. Ou y joua *Électre, Polyphème, Britannicus.* On y vit paraître Silvain, Lambert, Krauss, les Mounet, Sarah Bernhardt. En 1908 Mme Delvair et les frères Mounet y donnèrent *Œdipe-roi.* La piscine, le stadium et le Palais de la Foire ont remplacé les bosquets où rêvait Pouvillon.

Évocation du Vieux Toulouse

ANTOINE DE SAINT-EXUPÉRY

«Toulouse, tête de ligne, s'installe d'emblée parmi nous»

L'inventeur de l'avion, Clément Ader, naquit à Muret à 20 kilomètres de Toulouse. En 1917, Pierre-Georges Latécoère, jeune industriel bagnérais, décide de transformer sa fabrique de wagons de Montaudran en usine aéronautique, puis ouvre une ligne régulière qui reliera Toulouse à Santiago du Chili via *Dakar. Naît la légende de l'Aéropostale avec ses héros, Daurat, Mermoz, Guillaumat et Saint Exupéry, acteur mais aussi écrivain de cette grande geste dont les extraits ci-après illustrent le rôle de Toulouse comme lieu de départ, donc de décollage, de toutes les aventures.*

C'était en 1926. Je venais d'entrer comme jeune pilote de ligne à la Société Latécoère qui assura, avant l'aéropostale, puis Air France, la liaison Toulouse-Dakar. Là j'apprenais le métier. À mon tour, comme les camarades, je subissais le noviciat que les jeunes subissaient avant d'avoir l'honneur de piloter la poste. Essais d'avions, déplacements entre Toulouse et Perpignan, tristes leçons de météo dans le fond d'un hangar glacial. Nous vivions dans la crainte des montagnes d'Espagne, que nous ne connaissions pas encore, et dans le respect des anciens.

[...]

Toulouse. 5h45.

Les roues puissantes écrasent les cales. Battue par le vent de l'hélice, l'herbe jusqu'à vingt mètres en arrière semble couler. Bernis, d'un mouvement de son poignet, déchaîne ou retient l'orage.

Le bruit s'enfle maintenant, dans les reprises répétées, jusqu'à devenir un milieu dense, presque solide, où le corps se trouve enfermé. Quand le pilote le sent combler en lui quelque chose de jusqu'alors inassouvi, il pense : « C'est bien. » Puis regarde le capot noir appuyé sur le ciel, à contre-jour, en obusier. Derrière l'hélice, un paysage d'aube tremble.

Ayant roulé, lentement, vent debout, il tire à lui la manette des gaz. L'avion, happé par l'hélice, fonce. Les premiers bonds sur l'air élastique s'amortissent et le sol enfin paraît se tendre, luire sous les roues comme une courroie. Ayant jugé l'air, d'abord impalpable puis fluide, devenu maintenant solide, le pilote s'y appuie et monte.

Les arbres qui bordent la piste livrent l'horizon et se dérobent. À deux cents mètres on se penche encore sur une bergerie d'enfant, aux arbres posés droit, aux maisons peintes, et les forêts gardent leur épaisseur de fourrure terre habitée...

Bernis cherche l'inclinaison du dos, la position exacte du coude qui sont nécessaires à sa paix. Derrière lui, les nuages bas de Toulouse figurent le hall sombre des gares. Maintenant, il résiste moins à l'avion qui cherche à monter, laisse s'épanouir un peu la force que sa main comprime. Il libère d'un mouvement de son poignet chaque vague qui le soulève et qui se propage en lui comme une onde.

Courrier Sud

Et brusquement Toulouse surgit, Toulouse, tête de ligne, perdue là-bas à quatre mille kilomètres. Toulouse s'installa d'emblée parmi nous et, sans préambule : « Appareil que pilotez n'est-il pas le F... (J'ai oublié l'immatriculation.) » – « Oui. » – « Alors disposez encore de deux heures essence. Réservoir de cet appareil n'est pas un réservoir standard. Cap sur Cisneros. »

Terre des hommes

En ce début de XXIe siècle, Toulouse est l'une des capitales mondiales de l'aérospatiale : après la Caravelle, Concorde et son pilote d'essai André Turcat, c'est la grande famille des Airbus qui s'impose avec la naissance, en 2005, du plus gros avion civil du monde, l'A 380, vingt-sept ans après le premier vol de l'A 300.

ADOLPHE JAUREGUY

Un rugbyman... maire de Toulouse

C'est dans ses Mémoires, *préfacés par Jean Giraudoux, que le capitaine du XV de France, plus de trente fois international au poste d'ailier, nous livre un souvenir facétieux d'un déplacement en Écosse.*

J'ai dit que les Toulousains en bas-âge, gavés de bonbons par notre Lubin, l'appelaient toujours : M. le Maire, ainsi que les épiciers reconnaissants.

Soyons franc : Lubin était employé à la mairie de Toulouse. Mais, quand nous fûmes reçus par le lord-maire d'Édimbourg, Lubin devint, à tout jamais : M. le Maire de Toulouse !

Imaginez un château romantique, dans la plus verte des campagnes, un bataillon d'Écossais en jupe courte, des généraux, des maréchaux resplendissants, et un vieux monsieur chamarré, recouvert d'une perruque bouclée, portant un collier d'or et des bagues étincelantes, un pantalon court très bouffant, des bas de soie noire et des souliers à boucles, enrichis de gros diamants : le lord-maire d'Édimbourg.

Des huissiers obséquieux s'empressent autour de nous. Le chef du protocole entend dire : M. le Maire... Il s'approche de Lubin :

– Vous êtes maire, vraiment ?

– Maire de Toulouse ! répondons-nous d'une seule voix.

– Voulez-vous, je vous prie, me suivre, Monsieur le Maire ? demande le chef du protocole en prodiguant ses révérences.

Et il installe Lubin à droite du lord-maire, tandis que nous prenons place avec le menu fretin, amiraux et généraux, à l'autre bout de la table.

Le lord-maire essaye vainement d'arracher un bout de conversation à Gargantua-Lubin. Ce brave garçon n'est pas bavard, à table. Dans le train, encore moins, occupé qu'il est à surveiller le wagon-restaurant : quand il y a deux services, Lubin déjeune ou dîne régulièrement deux fois.

Au dessert, cependant, le lord-maire obtint quelques mots de notre ami :

– Ainsi donc, vous êtes maire en France ?

– Oui, oui.

– De quelle ville, s'il vous plaît ?

– Toulouse.

– Toulouse, n'est-ce pas, c'est une grande ville ?

– 700 000.

– Que pensez-vous de ce champagne ?

– Très bon.

Presque saoul, à la fin du repas, Lubin signa le menu, tout de suite après le lord-maire : Lubin, maire de Toulouse, en France !...

Le lendemain, nous nous permîmes de blaguer le lord-maire, et je vous prie de croire qu'il rît de bon cœur :

– Je me disais, vraiment, qu'il était bien jeune, ce maire d'une grande ville. Dans votre Midi, ce tour que vous nous avez joué, c'est ce que vous appelez, n'est-ce pas, une galéjade ?

– Parfaitement !...

Qui veut jouer avec moi ?

> Dans son album *Le Rouge et le Noir*, la photographe Laetitia Ballet a suivi le quotidien des rugbymen du Stade Toulousain. Ce « livre de joueurs » dit la rigueur, la volonté et la poésie de ce sport inscrit au cœur des racines de Toulouse au point d'en être un des plus forts référents identitaires. Raymond Abellio avait, lui, longtemps rêvé d'écrire une *Éthique et esthétique du rugby*.

RAYMOND ABELLIO

« Le terrain de rugby : l'indispensable lieu de fête que l'église n'était plus »

En 1991, dans Toulouse, *Henri Rozès écrivait : « Il y a cent ans, naissait la religion qui allait emporter Toulouse, les Toulousains et leurs vassaux immédiats vers des abîmes de dévotion. Les conduisant, une fois ceux-ci franchis, aux sommets de la béatitude la plus évangélique, grâce à l'ardeur qui caractérise le zèle missionnaire des grandes mystiques. Au Royaume du Pastel, le rugby est Dieu... » La place et le rôle existentiel, quasi religieux, que Raymond Abellio assigne à ce sport sont révélateurs de son fondamentalisme toujours bienvenu à Toulouse.*

Toute enfance gravite ainsi autour de quelques centres de forces, à la fois lieux d'accueil et de tutelle, dont les plus communs sont évidemment le foyer familial et l'école, puis l'église du quartier, mais dans notre cas il convenait sans nul doute d'y ajouter le terrain de rugby le plus proche, en plein milieu de nos champs, dont je sais maintenant qu'il fut pour toute cette enfance, partout ailleurs privée de joies, l'indispensable *lieu de fête* que l'église n'était plus.

[...]

Mais nous étions encore trop jeunes pour nous sentir saisis par la religion politique. L'homme du Nord sourira si je parle ici d'une religion de substitution, celle du rugby, qui pourvut notre enfance, par ailleurs si démunie et même abandonnée, d'une âme fraternelle et exaltée au-delà de soi par les forces bienheureuses du don et du jeu.

[...]

Plus tard je dirai pourquoi le rugby, qui consiste à délivrer et à discipliner la violence collective, est à cet égard le roi des jeux, et comment, alors que les Britanniques avancés qui l'inventèrent ont toujours refusé à juste titre d'en faire un objet d'exportation, il a trouvé là, au pied des Pyrénées, mieux que partout ailleurs au monde, la terre du *feu intérieur* qui lui convient, comment aussi la race occitanienne, mieux que toute autre, lui a voué ses dernières forces, célébrant par lui son dernier rite, et l'a chargé sans le savoir d'une signification capitale et prémonitoire avant même que s'annonçât l'aurore des nouveaux temps. Nous sommes là dans le domaine des raisons religieuses, qui dépassent toute raison.

[...]

Grâce aux facilités du rêve, les fastes du cirque romain laissaient ici la place à l'éclat du rugby moderne, devant les mêmes foules ardentes et impitoyables. À cette époque, nos dieux païens s'appelaient Struxiano, Jauréguy, Bioussa, joueurs internationaux de ce Stade Toulousain alors si glorieux que dans tout le Midi on le nommait simplement *le Stade.* Je fus tour à tour ce demi de mêlée subtil, cet ailier à la course inspirée, cet avant de troisième ligne intelligent et brutal. La jeune fille était toujours vêtue de blanc, l'esclave, triomphant ou puni, de rouge et de noir, les couleurs du Stade, mes trois seules couleurs vivantes, dont je ne savais pas encore qu'elles sont celles des trois gunas hindous et aussi du procès alchimique du Grand Œuvre, et ainsi exclusives de toutes autres, globalité fermée, exactement répartie et nouée sur soi, premier et dernier chatoiement du monde.

Ma dernière mémoire,
tome I, *Un faubourg de Toulouse 1907-1927*

Le Stade Toulousain (les « Rouge et Noir ») est le club de rugby le plus titré en France : champion de France à quinze reprises, deux fois champion d'Europe, pourvoyeur d'internationaux, devenu une véritable entreprise commerciale avec ses joueurs professionnels, il est, avec Airbus, l'une des figures emblématiques de Toulouse, en France et en Europe.

MAURICE MAGRE

Quitter la ville

C'est à la fin du XIX*e siècle que Maurice Magre (1877-1941) publie ses premiers vers. Il a alors dix-huit ans. Grand « mainteneur » occitan, avec son* Sang de Toulouse *il nous fait pénétrer au cœur du milieu cathare. Toulouse y est présente.*

Gloire à la terre ensoleillée qui va de la mer où voguent les galères mauresques jusqu'au pays où croissent les pins et jusqu'à l'océan sans fin ! Gloire à Toulouse, la ville aux vingt-neuf portes, que fonda Tolus, petit-fils de Japhet, la ville bâtie en pierres rouges, en pierres inébranlables comme le cœur des hérétiques !

Gloire à la Garonne qui jaillit des monts Pyrénéens, garde un peu de la lumière d'Aran dans ses flots ensorcelés, donne au cep de la vigne son apparence de nain ivre, au peuplier, son pouvoir de méditation !

[...]

Toulouse, du temps de ses comtes, ne pouvait être comparée qu'à Byzance ou à l'antique Alexandrie. Les chevaliers revenant des croisades en avaient rapporté les modes d'Orient, le goût des étoffes fastueuses et colorées. Par Aigues-Mortes et par Narbonne il arrivait des boucrans de Tripoli, des haïks de Gerba, de l'ivoire et des plumes d'autruche du Maghreb. Il y avait des boutiques remplies de perroquets multicolores dans des volières, de chardonnerets éblouissants sur des perchoirs en bois des îles, d'ibis du Nil debout sur une patte mince; d'autres où les lapis-lazuli du pays de Ketama ruisselaient dans les coffres de métal et dont les murs étaient tapissés de branches de corail de toutes nuances; et d'autres si gorgées de musc et d'aloès, d'ambre et de rose que rien qu'en passant dans la rue, on en gardait, pendant plusieurs mois, le parfum dans ses vêtements. On croisait des nègres de Barbarie qui avaient l'air de démons joyeux, des Maures de Séville ou de Grenade avec des turbans de soie verte, des marchands byzantins aux yeux rusés et derrière la mousseline des litières les nobles Toulousaines entrevues avaient l'air de princesses de Bagdad.

[...]

Ô Toulouse ! je te dis adieu. Je n'entendrai plus le crieur annoncer que le vin frais est arrivé. Je ne rirai plus avec les gamins, au passage des matrones de l'expertise. Je n'irai plus voir peser le pain devant la maison capitulaire. Je sens, au moment de les perdre, combien étaient grands ces petits bonheurs.

Je reprends ma route. Les contreforts des Pyrénées sont plus proches. J'ai atteint l'Ariège. Je ne distingue plus, au loin, les contours de ta masse éternelle. Les peupliers ont déjà un autre langage. Si je cueillais une figue, elle aurait un goût différent. Comme l'air est froid quand on s'éloigne de Toulouse !

Le Sang de Toulouse

« Le goût de… »

Le chant des villes
Le goût d'Antibes
Le goût d'Alexandrie
Le goût d'Alger
Le goût d'Amsterdam
Le goût d'Athènes
Le goût de Bali
Le goût de Barcelone
Le goût de Beyrouth
Le goût de la Birmanie
Le goût de Bruxelles
Le goût de Budapest
Le goût de Capri et autres îles italiennes
Le goût de la Croatie
Le goût de Cuba
Le goût de Dublin
Le goût de l'Engadine
Le goût de Florence
Le goût de Genève
Le goût de la Haute-Provence
Le goût des villes de l'Inde
Le goût d'Istanbul
Le goût de Jérusalem
Le goût de Lisbonne
Le goût de Londres
Le goût de la Loire
Le goût de Los Angeles
Le goût de Lyon
Le goût de la Martinique
Le goût du mont Blanc
Le goût du Mont-Saint-Michel
Le goût de Moscou
Le goût de Nancy

Le goût de Naples
Le goût du Népal
Le goût d'Odessa
Le goût de Palerme
Le goût de Paris
(3 volumes ; 1. Le mythe ; 2. L'espace ; 3. Le temps)
Le goût de Pékin
Le goût du Périgord
Le goût de Prague
Le goût du Rhin
Le goût de Rio
Le goût de Saint-Pétersbourg
Le goût du Sénégal
Le goût de Séville
Le goût de Shanghai
Le goût de Tanger
Le goût de Trieste
Le goût de Venise
Le goût de Vienne

Réalisation Pao : Dominique Guillaumin

Achevé d'imprimer
sur les presses de l'imprimerie Hérissey
en avril 2006.
Imprimé en France.

Dépôt légal : avril 2006
N° d'imprimeur : 101362

136566